CLAUDE SARRAUTE

Claude Sarraute a longtemps collaboré au journal *Le Monde*. Elle y a successivement signé des critiques de théâtre, de variété ou de télévision, et enfin un billet d'humour quotidien. Depuis 1985, elle travaille aussi à la radio.
Elle est également l'auteur de romans à succès, parmi lesquels *Allô Lolotte, c'est Coco* (1987), *Maman Coq* (1989), *Mademoiselle s'il vous plaît !* (1991), *Ah! l'amour, toujours l'amour* (1993), *Papa qui ?* (1995), *Des hommes en général et des femmes en particulier* (1996), où son humour le dispute à son sens de l'observation de nos mœurs pour le plus grand bonheur de ses lecteurs.

DIS, EST-CE QUE TU M'AIMES ?

DU MÊME AUTEUR
CHEZ POCKET

DES HOMMES EN GÉNÉRAL ET DES FEMMES EN PARTICULIER
C'EST PAS BIENTÔT FINI !

CLAUDE SARRAUTE

DIS, EST-CE QUE TU M'AIMES ?

PLON

ISBN : 2-266-10839-5

— Ce coup-ci, c'est moi qui t'invite, Tchatcha... Si, si, absolument, la dernière fois c'était toi. Marrant de sortir en filles, non ? On devrait le faire plus souvent.

— Tu dis ça chaque fois, mais quand je te le propose, tu n'as jamais un soir de libre.

— Oui, c'est vrai, on sort encore assez souvent Lorenzo et moi. Et quand on n'a rien, j'aime pas tellement le laisser seul à la maison... Déjà que je reste souvent jusqu'à pas d'heure à la boutique... Remarque, de ton côté, c'est pas évident non plus, faut que tu trouves une baby-sitter pour garder le petit, tout ça...

— Non, de ce côté-là, pas de problème, la fille de la gardienne ne demande pas mieux... Pour ce qui est de Lorenzo, moi, je serais ravie de venir faire la dînette chez vous, je pourrais même amener Nathan à condition de rentrer assez tôt...

— Écoute, chérie, ça, très franchement, c'est au-dessus de mes forces. Je suis vidée, moi, quand je rentre le soir et rien qu'à l'idée de faire à bouffer... Tiens, à propos, qu'est-ce que tu prends ?

Moi, je vais commencer par les escargots et ensuite... Si on partageait le carré d'agneau ?

— Ah, non, Fabiane, pas question ! Régime, régime ! Faut que je perde au moins six kilos avant les vacances. Tu sais la poupée Body, la petite grosse genre Bibendum, une horreur, ben, c'est moi.

— Ça te va très bien, arrête, chérie ! Tu es faite pour être un peu boulotte. Je me demande de qui tu peux tenir d'ailleurs... Curieux, chez toi, cette obsession des kilos en trop... Tu te pourris la vie au lieu de t'accepter telle que tu es.

— Ça c'est pas mal ! Sortie de la taille 36, Madame se sentirait obèse. Grâce à quoi, Madame fait drôlement gaffe et elle voudrait que...

— Gaffe, moi ? Pas du tout. La preuve : pour commencer les escargots et ensuite, si tu ne veux pas du carré, un poulet purée. Et toi ?

— Œuf dur et sole grillée.

— Et pour le vin ? Rouge ou blanc ?

— Plutôt blanc, non ? C'est moins cher.

— Mais puisque c'est moi qui t'invite, voyons, Tchatcha.

— Mais non, je veux dire, moins cher question calories.

— Penses-tu, c'est pareil. Et moi, le blanc, ça m'empêche de dormir. Une bouteille de beaujolais, ça t'irait ?

— Une demi. Ça suffira largement. Je n'en boirai pas plus d'un verre.

— Ah, non ! Une bouteille... Je picole, moi, tu sais bien. Je picole, je dévore et je ne grossis pas. J'ai vraiment une chance folle. Le genre attends-que-je-sorte-ma-calculette pour évaluer le taux de lipides machin, je trouve ça... Typiquement nana, d'ailleurs. Les mecs sont beaucoup plus cool... Garçon, vous voulez bien prendre la commande ? Un œuf mayo, des escargots, une sole grillée, un poulet purée, une bouteille de beaujolais et une demi Perrier... Tu as une façon de t'habiller aussi, Tchatcha, ce treillis, ce pull informe, ça te grossit, ça te...

— Arrête avec ça ! Je ne suis pas dans le prêt-à-porter de luxe, moi, je ne peux pas choisir un modèle et... De toute façon, comme je ne rentrerais pas dedans... Et puis, c'est pas mon style, tu le sais très bien.

— C'est peut-être pas non plus celui de ton photographe mondain. Où tu en es avec lui ? C'est un jour sans ou un jour avec ?

— Tu sais, Gérard, avec ou sans, c'est du pareil au même. Un courant d'air. Je m'en fous, remarque, je ne tiens pas à avoir un mec à demeure, moi. Je suis très bien comme ça. J'adore vivre en solo. Avec mon gamin, mes copains...

— N'empêche, un petit copain ça vaut tous les grands copains du monde, non ? D'ailleurs, si tu tiens tellement à maigrir, c'est bien parce que tu espères rencontrer et séduire Prince Charming, non ?... Avaler un œuf dur sans toucher à la mayonnaise, alors, là, je t'admire.

— Attends ! Toi, tes escargots tu les égouttes soigneusement et tu les éponges avec ton pain pour bien enlever tout le gras avant de les avaler.

— Normal, j'aime pas l'ail.

— Alors, pourquoi tu prends des escargots ? Ça n'a aucun goût au naturel !

— Si, ça en a...

— Allez, je me laisse tenter. Je reprends un peu de vin. Je te sers ? Mais, t'as pas touché à ton verre, Fabiane.

— Si, c'est mon deuxième.

— À d'autres ! Bon, ben je vais faire comme toi, je vais taper dans le Perrier. Surtout que là je suis en bonne voie. Tu sais, mon jean pèse-personne, mon vieux d'il y a trois ans, avant la naissance de Nathan, eh bien j'arrive presque à le boutonner. En me couchant par terre d'accord, mais, bon... Tu ne manges pas ta purée ?

— Non, elle est trop salée.

— Et la peau du poulet, tu ne la manges pas non plus ? C'est ce qu'il y a de meilleur !

— Tu trouves ? Moi, pas. Prends-en donc un bout. Allez, quoi, tu en meurs d'envie.

— Tu aimerais bien, hein ? Marrant, tu ne supportes pas que je me mette au régime. Je me demande bien pourquoi.

— Parce qu'à tous les coups c'est pareil, tes kilos, tu les perds et tu les retrouves aussi sec. Alors à quoi bon ? T'es pas faite pour être mince, ma pauvre chérie. Ça ne te va pas, ça te vieillit. Ça te plisse, ça te ride.

— Parle pour toi ! À mon âge, les rides, c'est pas le problème. À partir de la cinquantaine, c'est vrai, on est toutes logées à la même enseigne, tu es bien placée pour le savoir. Et ça ne t'a jamais empêchée de t'affamer. Tu fais semblant de bouffer et tu laisses tout dans ton assiette...

— Absolument pas ! Simplement, là, il se trouve que je n'ai pas très faim. Je suis passée à un cocktail avant de venir et, tu me connais, je suis incapable de résister à un buffet. Du coup je me suis goinfrée et je ne peux plus rien avaler.

— C'est ça, tu sors d'un pot ! Curieux, chaque fois qu'on bouffe ensemble, c'est le même topo : ou tu as vu un énorme mille-feuille à la devanture d'un pâtissier sur le chemin du resto et tu n'as pas pu t'empêcher de... Ou tu t'es fait livrer une pizza à la boutique pour ton quatre-heures... Ou...

— Qu'est-ce que tu racontes ? C'est complètement faux, jamais je... Bon, c'est pas tout ça... Qu'est-ce qu'on prend comme dessert ?

— Moi, rien, merci. Et toi ? La tarte Tatin ou la marquise au chocolat ?

— Rien non plus. Un café et l'addition.

— Tu dis ça sur un ton ! Tu es fâchée ou quoi ? On ne va pas se quitter comme ça. Tiens, j'ai une idée. Si on prenait un banana split pour deux ? D'accord ? Bon, OK. Mais fifty-fifty alors. Et sans tricher. T'en bouffes la moitié !

C'est la mère et la fille. Fabiane — un compromis entre son nom de baptême, Fabienne, qu'elle déteste et Oriane, le nom qu'elle s'était donné du temps où elle était mannequin, et Tchatcha, diminutif de Natasha. Fabiane, silhouette, profil et chignon de ballerine, une bonne cinquantaine sévèrement tenue, aérobiquée, liftée, affamée quoi qu'elle en dise, Fabiane dirige une boutique de fringues rue de Grenelle. Tchatcha, 27 ans, très enveloppée, jolie comme un cœur avec son petit nez de chat, ses yeux d'un bleu intense bordés de longs cils noirs et sa toison de cheveux blonds cuivrés, bouclés serré, tire-bouchonnés façon Shirley Temple, Tchatcha bosse dans un magazine féminin. Fabiane vit avec un styliste d'origine italienne, Lorenzo, hyper séduisant, croisé jadis chez un grand couturier et retrouvé à l'occasion d'un défilé de printemps-été. Jeune mère célibataire, Tchatcha attend, bien qu'elle s'en défende, fière de son indépendance, de rencontrer le prince charmant.

Fabiane, c'est un papillon, elle butine, effleure,

se pose à peine et puis s'envole, lisse, légère, indifférente, ignorant tout de l'amour jusqu'à sa rencontre avec Lorenzo. Et Tchatcha, c'est un rosier grimpant, dru, odorant qui tâtonne en vain depuis l'enfance à la rencontre du mur auquel s'attacher. Elles se fuient, se cherchent et se trouvent. Elles s'affrontent à mots couverts, se fâchent et se rabibochent tant bien que mal, plutôt mal que bien, depuis toujours.

Si Tchatcha a choisi d'avoir sans tarder un enfant toute seule, c'est pour ça, pour lui donner ce que lui a toujours refusé sa mère : la tendresse, l'indulgence, la chaleur, les caresses. Son bébé, elle le dévore de baisers, si elle osait, elle lui lécherait le derrière pour le nettoyer, elle lui parle d'une voix haut perchée, une voix de fausset, elle gazouille, elle babille, elle bêtifie, elle le prend dans son lit, le respire et s'enivre de lui avant de s'endormir. Encore une source de friction avec Fabiane. Qui désapprouve : « C'est pas une façon d'élever un gamin. » Et qui souffre et se rebiffe, jalouse exaspérée, devant ces manifestations d'amour-passion où elle voit un reproche et une leçon.

Il y a un peu de ça, c'est vrai. Pas seulement. Elle a besoin de contact, Tchatcha, elle vous prend la main, le bras, le coude, elle vous tapote l'épaule d'un geste spontané, instinctif. Il y a des gens comme ça — j'en suis —, d'autres que ça gêne au plus haut point. Fabiane est de ceux-là. Ils se raidissent, se rétractent : Ça veut dire quoi, ces attouchements ? Rien. Sinon un trop-plein d'affection, de joie de vivre. Elle dit je t'aime comme on dit j'ai soif, j'ai faim ou j'ai froid, Tchatcha, sans y penser, tout simplement parce que c'est ce qu'elle éprouve à ce moment-là. On tient ça de famille le plus souvent.

Et dans le cas de Tchatcha ? Elle l'a hérité de son père, un gros rougeaud, un bon vivant, emporté par une crise cardiaque — la petite avait 4 ans —, un homme d'affaires très riche à tous points de vue, généreux, dépensier, totalement épaté, séduit par la beauté anxieuse, narcissique de sa Fabiane. Un top model quand il l'a épousée. Une gravure de mode qui traversait leur vie mondaine comme on défile sur un podium, le sourire épinglé à un regard un peu absent, le visage figé, la démarche assurée, pour s'écrouler en larmes de dépit horrifié devant sa coiffeuse à la vue d'un point noir ou d'une amorce de ride : « Mon Dieu, c'est pas possible... Georges, fais quelque chose ! » Il accourait, stupéfait, attendri : « Mais, c'est rien, voyons, chérie, c'est une idée que tu te fais. Allez, viens, ma douce, viens te faire consoler... Tu l'aimes quand même un peu, dis, ton vieux papa-gâteux ? » Elle opinait, distraite, agacée, toute à son problème : S'agit bien de ça !

N'en ayant jamais eu, il avait un énorme désir d'enfant auquel elle refusait absolument de céder : « Non, mais regarde-moi, Georges, tu me vois avec deux énormes seins posés sur un ventre difforme ? L'horreur ! Sans compter qu'après pour retrouver la ligne... Il n'en est pas question. » Faut dire qu'à l'époque, je vous parle des années 70, les top ne baladaient pas une grossesse de huit mois fièrement assumée, somptueusement dénudée sur les podiums. Au lieu de la souligner avec une grande écharpe nouée autour de la taille, on la dissimulait au contraire, autant que faire se peut, sous des robes-tente, des robes-housse. À l'image des maillots de bain réservés sur les plages aux femmes enceintes.

On mangeait pour deux, on prenait dans les vingt kilos et on mettait des années à les perdre, ignorant encore tout des clubs de gym et d'une énergique, d'une ascétique remise en forme. La maman alors prenait le pas sur la putain. Au grand dam des mecs qui se sentaient trahis, abandonnés, totalement largués par cette relation nouvelle, privilégiée de la mère et de son nouveau-né.

Georges, lui, n'a pas connu ça. La trentaine venue, atteinte pas la limite d'âge — oui, déjà ! —, obligée de renoncer à jouer les mannequins de cire, les mannequins de son, Fabiane, désœuvrée, déprimée, a enfin consenti à le lui donner, cet enfant. Enfin, façon de parler, parce qu'elle le lui a fait payer ! Cher. C'était des nausées, des caprices, des envies impérieuses et farfelues, des fausses contractions, des plaintes et des gémissements à n'en plus finir : « Il m'appuie sur la vessie... Je ne sais plus comment me mettre, il m'empêche de dormir. » Et ce brave homme de Georges, inquiet, apitoyé, ne reculait devant rien pour compenser tout ça : « Tiens, regarde ce que je t'ai apporté, mon petit chat... Une montre-bijou, une Piaget, elle te plaît ? »

Elle lui plaisait davantage en tout cas que la fillette prématurée, à peine achevée, une affreuse petite chose toute ridée, toute fripée, dont elle a fini par accoucher dans des hurlements de douleur haineuse, indignée : « Ah, le salaud ! Ah, le chien ! Comment il a pu m'infliger une horreur pareille ? »... Il attendait dans le couloir, lui. Jamais Fabiane n'aurait consenti à ce qu'il la voie dans cet état. Et sur ce point, je la rejoins. Comme tue l'amour, on ne trouve pas mieux. À mes yeux. Ils ont écarquillé les leurs, mes fils, quand je me suis permis de le leur faire remarquer : « Non, mais tu es complètement à côté de la plaque, ma pauvre maman, tu ne sais pas de quoi tu parles ! C'est un lien, au contraire, une communion, un moment extrêmement fort et gratifiant dans la vie d'un couple. » Sans doute. Reste que de mon temps...

Bon, où j'en étais ? Ah, oui ! À la naissance de Natasha vite surnommée Tchatcha parce que c'est ainsi qu'elle se désignait, petite : « Tchatcha veut papa. » Jamais maman vu que maman s'en était désintéressée dès le départ, l'abandonnant très volontiers à son papa-gâteux de Georges. Plus gâteux qu'il ne l'avait jamais été. En extase devant sa merveille d'enfant, sa petite beauté. Au bout de trois mois elle l'était devenue, c'est vrai, une ravissante poupée à fossettes, rose et blonde, gaie, facile et tendre. Il en était fou et s'émerveillait, bouleversé, de cet immense besoin de tendresse et d'amour, de ce gros chagrin quand il faisait mine de la quitter le soir après lui avoir raconté une histoire. Il reportait sur elle, si dépendante, si réceptive, si reconnaissante, les trésors d'affection déversés jadis en vain sur Fabiane. Qui s'en plaignait amèrement sous prétexte qu'il la gâtait trop, sa petite reine : « Enfin, Georges, tu ne vois pas qu'elle fait un caprice, encore un ! Elle devient insupportable, ta fille. » Il répondait avec ce sourire extasié qui avait le don de l'exaspérer : « Mais non, qu'est-ce que tu racontes ? Elle est exquise, cette petite, elle est... »

Quatre ans plus tard, quatre ans de bonheur sans partage, et elle était orpheline. Georges s'en était allé sur la pointe des pieds, il l'avait quittée sans un mot, sans rien, oubliant simplement de se réveiller un matin. Et Fabiane n'avait rien eu de plus pressé que de la reprendre en main. De renvoyer sa nounou, une jeune Berrichonne indulgente et enjouée qui lui passait tout, elle aussi, pour la remplacer par une nurse anglaise à l'ancienne — Georges leur avait laissé une petite fortune —, très à cheval sur les manières à table et la façon de s'adresser aux grandes personnes : On dit « s'il te plaît », on dit « merci », on dit « pardon » quand on passe devant quelqu'un dans l'escalier, on dit... Au bout de six mois, Tchatcha, la volubile, l'expansive, ne disait plus rien. Elle n'ouvrait la bouche que pour s'empiffrer, se bourrer de toutes les douceurs qui lui étaient refusées. Ça compense !

Rentrée chez elle après ce dîner à la con avec cette pauvre Tchatcha — Elle ne supporte pas de me voir bouffer à ma faim sans prendre un gramme, alors faut toujours qu'elle me surveille, qu'elle m'asticote : « Tu ne finis pas ce qu'il y a dans ton assiette ? » Elle m'emmerde à la fin ! — Fabiane trouve toutes les lumières éteintes. Elle appelle Lorenzo... Personne. Elle fonce dans leur chambre... Vide : Où il a bien pu aller ? Agacée, elle allume la télé. S'assied, comme à son accoutumée, du bout des fesses, bien droite, menton haut des fois que son cou ferait des plis, sur le bord d'un fauteuil, le sien, Lorenzo, lui, occupe le canapé. Se relève, trop énervée pour rester en place, part à la recherche d'une peau de chamois, il y a de la poussière sur l'écran et ça, elle ne supporte pas, chez elle tout est nickel.

Non, c'est vrai, où il a bien pu aller ? Et avec qui ? Ça n'est pas la première fois que ça arrive. L'année dernière déjà... Et même bien avant ça, ces trous dans son emploi du temps, ces séances de travail bidon à Turin ou à Milan... Et tous ces dimanches retour de week-end où sous prétexte d'aller mettre la voiture au garage il disparaissait pendant des heures... Sois lucide, ma vieille, si tu ne tiens pas tellement à sortir avec ta fille ou à rentrer tard le soir, c'est parce que tu as peur qu'il en profite pour se tirer.

Elle va, elle vient, elle s'affaire, au bord de la crise de nerfs, elle passe son angoisse au fouet, la fait monter en neige et la saupoudre de sucre de rancune cristallisé tout en guettant le bruit de sa clé dans la serrure de la porte d'entrée... Ah, ça y est ! Enfin !

— Ben, où t'étais ? Tu m'avais dit que tu profiterais de mon dîner avec Tchatcha pour te coucher tôt. Tu te fiches de moi ou quoi ? T'as vu l'heure qu'il est ?

— Oui, parfaitement, 2 heures du matin. Un peu tard ou un peu tôt pour la grande scène de l'acte trois, tu ne crois pas ? Tu m'excuseras, mais je vais me coucher, je suis mort de fatigue.

— Moi aussi, je suis morte, morte d'inquiétude. Enfin, c'est quand même insensé, tu aurais pu appeler, me dire que tu étais retenu, que... je ne sais pas, moi...

— Ben, moi non plus, je n'ai aucune imagination dans ces cas-là. Je cherche une excuse, je n'en trouve pas, alors je renonce à en donner, bien obligé.

— Si tu n'as pas d'excuse, c'est bien que tu es inexcusable... T'as quelqu'un, c'est ça ? Ben, dis-le ! C'est qui ? Et depuis quand ?

— On en parlera demain, si ça ne te fait rien. À tête reposée. Là, j'ai vraiment pas le créneau pour ça.

— Ça, c'est pas mal ! Tu me fais penser à cette femme qui dit à son mari : Écoute, il nous arrive une catastrophe, finis de dîner tranquillement, je te raconterai après. Tu te fous de moi ou quoi ?

— Tout de suite les grands mots ! S'agit pas d'une catastrophe, s'agit d'une mise au point. Je suis majeur et vacciné. Je ne veux plus être obligé de demander la permission de minuit avant de sortir. Et je veux pouvoir rentrer quand bon me semble sans avoir à donner d'explication.

— Enfin, je ne comprends pas, je t'en donne, moi, des explications quand je rentre tard. Tu en as toujours fait autant, normal, quand on vit ensemble. Alors, qu'est-ce qui se passe ? Dis-le... Dis-le, je t'en supplie, je préfère savoir.

— Arrête de te mettre dans des états pareils, voyons, ma grande. Il ne se passe rien. Simplement, je ne supporte plus cette impression d'être en prison, surveillé jour et nuit par une matonne soupçonneuse et soupe au lait. Si tu me faisais un peu confiance, je serais moins tenté de...

— De quoi ? De me tromper, c'est ça ?

— Mais non, qu'est-ce que tu vas chercher ? D'affirmer mon indépendance en allant traîner dans un bar comme ce soir.

— Seul ? Jusqu'à 2 heures du matin ? Et tu imagines que je vais gober ça ?

— Écoute, que tu le gobes ou pas, j'en ai rien à foutre. Les scènes, j'ai horreur de ça. Alors, celle-ci, tu la finiras toute seule. Allez, va te coucher, moi je vais dormir ici sur le canapé.

Comment il est Lorenzo ? Pas mal, pas mal du tout. Il a un charme fou. Et un sourire rare mais craquant. Un sourire à la Gary Cooper. Un sourire qui lui met du soleil dans les yeux quand il l'allume pour les plonger dans le noir dès qu'il l'éteint. Ça ajoute à son mystère, à son côté beau ténébreux. Et il en joue en virtuose. Séduire, tout petit déjà, il adorait ça. C'était un enfant à la Duke Ellington, un enfant si charmeur, si mignon que, passant de bras en bras, il n'a pas touché terre avant l'âge de cinq ans.

Hommes, femmes, enfants, clébards, il s'amuse encore et toujours à exercer son pouvoir sur tout ce qui bouge. Bisexuel ? Oui, à l'occasion. Il lui arrive de tirer un coup à la brutale, à l'extase, un coup sans lendemain avec des garçons. Les filles, il ne déteste pas non plus. Au contraire. Elles gambergent, elles s'attachent, elles réclament, elles souffrent, elles laissent des messages désespérés sur son répondeur et, loin de l'agacer, ça l'amuse, ça le flatte, ça prolonge son irrésistible besoin de conquête en confirmant son emprise. D'où cette habitude de mener à deux, voire à trois. De se partager entre plusieurs partenaires, histoire de les maintenir en état de manque donc de dépendance.

Fabiane, au départ, ça a été l'exception qui confirme la règle. Elle avait quoi à l'époque ? Dans les 49-50 ans, mais si bien retouchés, qu'elle en faisait dix de moins. Et Lorenzo, qui aurait pu coucher avec des filles deux fois plus jeunes et plus girondes, s'est laissé snober, envoûter par l'élégante froideur limite frigide de cette belle indifférente, de cette dame Narcisse à son miroir. Il a tout plaqué pour se lancer, piqué au vif — elle faisait sa fière, sa difficile —, à son interminable poursuite. Au bout de deux trois mois, furieux, exaspéré, il a décidé de changer de tactique. Plus un coup de fil, plus un bouquet de fleurs, plus rien. Et ça a marché. Surprise, déçue, vexée — Enfin, qu'est-ce que ça veut dire ? — au bout d'une semaine, elle l'a appelé pour l'inviter à dîner. Chez elle. Et là, il a bien fallu qu'elle y passe.

Oui, parce que les parties de jambes en l'air, jusque-là, Fabiane avait horreur de ça. Incapable de se livrer, de s'abandonner, chignon défait, maquillage à la dérive, nez luisant, tout en sueur, aux jeux de l'amour, elle s'y était rarement risquée après la mort de son mari. L'exigeante, la fière nudité d'un homme à poil, ça ne la dégoûtait pas, non, pas du tout, ça la flattait au contraire. Ce qui la gênait, c'était de se montrer, elle, dans l'inquiétant désordre de l'intimité. C'était de se soumettre à l'humiliante critique d'un regard trop lucide. Avec Georges de ce côté-là, rien à craindre, sa passion l'aveuglait si bien qu'elle cédait de temps en temps, pas trop souvent quand même, à ses adorantes, à ses maladroites avances. Et ça le comblait. Il aurait probablement été très choqué de voir sa déesse descendre de son piédestal pour se rouler dans le stupre, cris, râles et gémissements à l'appui.

Et avec Lorenzo, comment ça s'est passé ? Mal, au début. Hyper bien après. La sentant angoissée, entièrement préoccupée d'elle-même, il va trouver le moyen de la décoincer. En lui parlant de ses aventures homosexuelles, en l'initiant patiemment, gentiment à l'art et à la manière de l'amener à l'orgasme — comment s'y prendre pour le faire jouir, comment le caresser, le lécher, le sucer —, et en prenant son plaisir, la tête renversée, les yeux fermés, sans lui prêter autrement attention. D'abord un peu... Non, pas choquée, pas vraiment, déconcertée, elle va vite y trouver son compte, enchantée, grisée par ce rôle inattendu, valorisant, de maîtresse dominatrice libre de lui donner, de lui mesurer ou de lui refuser le plaisir auquel il tient tant, bientôt capable d'exercer sur cet homme pour hommes le savant pouvoir d'une pro.

Enfin, pouvoir, c'est un bien grand mot. Il n'est pas du genre à se laisser dominer, Lorenzo. Ni dominer ni confiner. D'où ces escapades, ces faux-fuyants, ces dérobades — D'où tu viens ? Où tu étais ? Nulle part ! Ailleurs ! — qui ont eu le don d'éveiller la passion jalouse, inquiète, exaspérée d'une Fabiane trop insécure pour ne pas paniquer à l'idée qu'il puisse aller voir ailleurs.

Samedi, 7 heures du matin. Tchatcha ouvre un œil, le referme, se rencogne sous sa couette en chien de fusil, donne un petit coup de fesses confiant, complice vers le mitan du lit, puis un autre, ne rencontre que le vide, se retourne, allonge, toujours à l'aveugle, un joli bras potelé et tâtonne en direction de l'autre oreiller... Rien, personne : Ça alors ! Où il est passé, Gérard ? Vous avez déjà vu ça quelque part, pas vrai ? Forcément, c'est un des poncifs du cinéma français. Si tout va bien entre les amants, si la nuit a été chaude, passionnée, on vous les montrera tendrement enlacés au réveil. Si ça n'a pas collé, ils se tourneront le dos. Et si vous voulez introduire un élément de doute, de suspense, vous faites le coup du « Tiens, où il est passé Gérard ? ».

Ici, deux possibilités : I. Gérard sort de la cuisine en peignoir et vient déposer tout sourire, à la surprise soulagée, attendrie de la Tchatche, le plateau du petit déjeuner sur le plumard. II. Tchatcha se lève d'un bond, enfile pudiquement un peignoir sur son tee-shirt... On se demande d'ailleurs bien pour quoi, pour qui... Si on n'a pas le droit de se balader les jambes à l'air chez soi, où on va ? Elle, c'est à la salle de bains qu'elle va, qu'elle court, qu'elle vole : « Gérard, t'es là ? » Non. À la cuisine non plus. Le living, pas la peine, qu'est-ce qu'il pourrait bien y foutre rideaux tirés, lumière éteinte ? Pas de doute, il s'est tiré, le chien !

Qui c'est, Gérard ? Un petit ami de passage, encore un. Sauf que celui-là, une vraie poêle Tefal, elle ne risque pas de s'y attacher, la Tchatche ! Il ne paye pas de mine, un vibrion noir de poil et blanc de peau, séduisant malgré tout, imprévisible, amusant, fantasque et cynique. C'est le métier qui veut ça. Photographe mondain, il court les soirées, les fêtes et les galas, connaît son « Who's who » sur le bout des doigts et vend ses clichés aux pages « people » des magazines. Question chose du machin, c'est plutôt moyen, mais bon faut bien faire avec ce qu'on a.

Elle est furieuse, là, ma Tchatcha. Une fureur un rien paniquée. Enfin, c'est pas possible ! En l'invitant à dîner chez elle le vendredi soir, elle était sûre et certaine qu'il y passerait le week-end. Si sûre et si certaine qu'elle avait accepté de prêter Nathan à sa tante de la main gauche, une tata sans enfant. Maintenant qu'est-ce qu'elle va faire de son samedi, de son dimanche ? Elle commence par se jeter sur le téléphone, appelle cette ordure de Gérard, tombe sur un répondeur, et sans même attendre le bip sonore y va d'un message menaçant : « Enfin, Gérard, qu'est-ce qui t'a pris de partir au milieu de la nuit ? C'est pas des façons ! Je suis sûre que tu es là, espèce de dégueulasse ! Tu vas me prendre, oui ? Je te préviens, si tu ne me rappelles pas immédiatement, je vais... »

Non, rassurez-vous, elle ne va pas se mettre la tête dans le four, mais dans le frigo. Et dévorer tout ce qui lui tombe sous la main : du Nutella à la cuillère, trois petits pots pomme-poire, des restes de riz au lait, des sardines à l'huile en épaisses tartines. Et se bourrer d'indigestes remords à l'idée de cette entorse à son régime. Qu'est-ce qu'elle pourrait bouffer d'autre encore ? Ah, merde, c'est vrai, les croissant surgelés achetés exprès pour lui, la veille, en sortant du journal. Tiens, voilà ce que j'en fais : À la poubelle !

Allez, calme-toi, ma puce ! À quoi ça rime, ce cirque ? Qu'est-ce qui t'arrive ? Ça ne te ressemble pas. Tu vas avoir tes arguantes, c'est ça ? Tu devrais profiter de cette plage de liberté sans mec, sans gamin, pour te chouchouter un peu, flemmarder dans un bain de mousse, te faire un shampoing colorant, te tartiner la gueule et le corps de crème anti-âge, anti-graisse, anti-plis, te vernir les ongles des pieds, essayer les nouvelles cires à épiler fournies par les rédactrices du service beauté. Non, ça ne te tente pas ? T'as pas le cœur à ça ? Tu te trouves trop grosse, trop moche et la preuve que tu as raison, c'est qu'il a pris ses jambes à son cou après t'avoir vue toute nue, Gérard ? Mais non, qu'est-ce que tu racontes ? T'es ronde, t'es juteuse, t'es sexy, t'es nature... Tout ce qu'on aime. En tout cas moi, moi qui t'ai voulue telle que tu es... Tiens, une idée, si tu allais traîner, t'as jamais le temps, dans les magasins de fringues du côté de Beaubourg ou de la rue de Sèvres. Achète-toi un ou deux trucs un peu chouettes, rien de tel pour se remonter le moral.

Ça ne te dit rien non plus ? Il pleut et t'as pas le cœur à ça. Ce que tu voulais c'était t'envoyer en l'air encore et encore. Avec lui, oui, avec Gérard. Il n'a pas beaucoup de tempérament, mais tu en as pour deux, pour quatre. Vous auriez pu vous faire une toile en fin d'après-midi puis une petite bouffe dans un bon bistro suivie d'une nuit d'amour prolongée par une grasse matinée. Pour la folle nuit d'amour, ça m'a l'air mal barré, mais rien ne t'empêche de sortir avec une copine. Si tu appelais Chloé pour voir ?

C'est ce qu'elle fera. Le cinéma, Chloé n'y tient pas, elle préfère passer prendre un verre chez Tchatcha, après quoi elles iront dîner chinois.

— Ben, alors, qu'est-ce qui se passe, ma douce, je croyais que tu devais passer le week-end avec Gérard.

— Oui, mais non, il est parti couvrir un grand mariage à la campagne... La fille du duc de je-ne-sais-quoi. Ça tombe plutôt bien parce que je n'avais pas tellement envie de me la jouer femme au foyer, là, aujourd'hui. Les courses, la bouffe, merci bien mais non merci. J'en ai profité pour faire tout un tas de choses et...

— Il est du genre popote, Gérard ? Tiens, je ne le voyais pas comme ça ! Écoute, il m'arrive un de ces trucs... Géant ! J'ai rencontré quelqu'un, figure-toi. Quelqu'un que tu connais. C'est même toi qui me l'as présenté.

— Ah bon, c'est qui ?

— Je ne peux pas te le dire.

— Pourquoi ?

— Parce qu'il n'est pas libre et qu'il m'a fait jurer...

— Ce ne serait pas Lorenzo par hasard ?

— Comment t'as deviné ?

— Parce que tu me l'as dit le jour où il est passé au journal pour nous apporter des croquis. À peine il était reparti que tu es entrée en transe : Ce qu'il est beau ce mec ! Et séduisant. Quel âge tu dis qu'il a ? 55 balais ? Ben, moi, tu vois, suffirait qu'il claque des doigts pour que j'accoure en rampant. Et comme il a le claquement de doigts facile, ce vieux cochon...

— Attends ! C'est pas lui qui m'a draguée, c'est moi. Je l'ai appelé à l'atelier et je lui ai dit en rigolant qu'il m'avait tapée dans l'œil et que j'aimerais le revoir à l'occasion. N'importe laquelle.

— Comment t'as pu faire une chose pareille ? C'est dégueulasse... Il pourrait être ton père... En plus, elle en est raide dingue, Fabiane.

— Et alors ? Si elle ne veut pas qu'on lui pique ses affaires, elle n'a qu'à pas les laisser traîner. De toute façon, ta mère, tu t'en fous, non ? T'arrêtes pas de t'en plaindre : elle m'a fait ci, elle m'a dit ça... Ça lui fera les pieds.

— Peut-être, mais en attendant, moi, ça me les casse, les pieds. Ça m'emmerde au plus haut point, cette histoire. Ça va encore me retomber sur la gueule et...

— Mais non, qu'est-ce que tu vas chercher ? Comment veux-tu qu'elle l'apprenne ?

— Arrête ! T'as rien eu de plus pressé que de venir me le raconter, alors que tu avais promis de la boucler.

— Si je ne peux pas me confier à ma meilleure amie...

— Lui confier quoi, à ta meilleure amie ? Que tu es la petite amie du petit ami de sa mère ? Et ça ne te dérange pas ? Tu l'es ou tu ne l'es pas d'ailleurs ?

— Quoi donc ?

— Ben, la maîtresse de ce salaud.

— Non, par encore, mais presque. On a profité de ton dîner avec Fabiane pour sortir ensemble l'autre soir et bon, c'est quand je veux, où je veux.

— Oui, ben moi, je ne veux pas, tu entends ? Pas touche au Jules de Fabiane, compris ? Je ne plaisante pas, là, Chloé. T'as qu'à en prendre un autre, n'importe lequel. Merde quoi, c'est pourtant pas ce qui manque !

— Ah bon ? Première nouvelle ! Moi, j'avais beau chercher, j'arrivais pas à en trouver. Tu les caches, hein, c'est ça ? Tu les planques dans le lit de ta mère.

— Celui-là, oui. Et tu vas me faire le plaisir de l'y laisser.

— Écoute, Tchatcha, si tu veux que je renonce à squatter la propriété de cette garce de Fabiane, t'as qu'à m'en dégotter une autre, libre de suite, gaie, ensoleillée, dans un beau quartier, avec vue imprenable sur l'église et la mairie.

— Ça t'a pris quand, enfin, Chloé, cette envie soudaine de conjugo ? Je ne comprends pas, on n'est pas bien, là, à vivre en solo, libres comme l'air ? Quel besoin on a de s'encombrer d'un...

— Qui ça « on » ? Tu ne vis pas seule, toi, tu as un petit mec, Dieu sait que tu y tiens, et en plus tu te fais des extra...

— Tu ne peux quand même pas comparer un gamin de vingt mois à...

— Si, très bien. C'est une présence, une chaleur, une préoccupation de chaque instant. La solitude, la vraie, celle des week-ends et des ponts-tunnels, sans rien, sans personne, tu ne sais pas ce que c'est...

— Bien sûr que si, je sais. Écoute, c'est pas vrai pour Gérard. Il s'est tiré pendant que je dormais. Sans un mot, sans rien. J'en étais malade. Mais bon, moi, c'est pas pareil. Moi, ça fait six mois que ça dure, cette histoire à la con, et je compte bien arrêter les frais. Que toi, Lorenzo, tu le connais à peine. En plus si c'est sur lui que tu comptes pour les éclairer, tes tunnels, tu vas te ramasser une dc ces gamelles ! Il n'est pas près de quitter Fabiane, je vais te dire. Il y tient énormément.

— Ben, alors, où est le problème ? Pourquoi tu te mets dans des états pareils ? Arrête de te faire du souci et laisse-moi vivre ma vie. Tout ira bien, tu verras.

— Pour qui ? Elle ou toi ?

— Tu veux le fond de ma pensée ? Ni pour elle ni pour moi, pour lui ! Comme toujours !

Quand elle lui a ouvert la porte de son appart pour la première fois — « Mais entre donc ! » — Gérard est tombé les bras en croix. Oui, parce que je ne vous ai pas dit, mais chez Tchatcha, c'est la zone. Une zone plutôt gaie, sympa, ensoleillée, la question n'est pas là, mais, bon, un vrai foutoir. Plus désordre que ma belle chérie, tu meurs. Elle laisse tout traîner : le tricycle-poussette de son gamin dans la salle de bains, ses pampers pleines de caca sur la table de la cuisine et quand elle revient de faire les courses enfournées dans des sacs plastique, elle les pose n'importe où, sur son lit, au-dessus de la télé ou carrément par terre dans l'entrée.

Pour la plus grande joie du petit qui s'amuse à les répandre sur la moquette dans une débandade de bouteilles d'Évian, de pots de yaourt, de tomates et d'ailes de poulet sous cellophane. « Arrête, Nathan... Touche pas à ça... Regarde, tu obliges maman à tout ramasser. » Ce qu'elle fait, elle les remballe dans les sacs qu'elle accroche à la poignée de la porte : « Comme ça t'y toucheras pas ! » Elle ferait mieux d'en profiter pour aller les ranger dans le frigo ou le buffet ? Quelle drôle d'idée ! Rien ne presse. Elle fera ça plus tard. Là, faut qu'elle déplace la pile de linge sale abandonnée au pied du téléphone pour avoir accès à son répondeur.

Et encore ça s'est un peu arrangé, forcément avec la venue du bébé, depuis le jour béni où Tchatcha a pu élargir aux dimensions d'un F3 la décharge publique qui lui servait de chambre chez sa mère. Une maniaque de l'ordre, en revanche, Fabiane, je vous l'ai dit. Autre source de conflit. Et pas qu'avec Tchatcha.

Maintenant que vous êtes au courant pour Chloé, vous ne serez pas étonnés d'apprendre que Lorenzo est encore rentré tard. Enfin tard, pas vraiment... Si, quand même... Sur le coup de 11 heures du soir. Et vous savez ce qu'elle a fait, Fabiane, en l'attendant, une Fabiane dans tous ses états ? Le ménage. Ça l'apaise. C'est son Lexomyl à elle, son Témesta. Elle se drogue au Javel Net et à l'Ajax. Elle prend son pied avec Monsieur Propre. Et elle enfile ses gants en caoutchouc comme on passerait une camisole de force, histoire de se calmer les nerfs. Là, elle allait pour tartiner de cire Abeille sa table à café quand il a fini par se pointer, insouciant, désinvolte : « Ça va toi ? Qu'est-ce qu'il y a ? T'en fais une tête ! » Il a jeté son blouson sur le dos d'un fauteuil, il s'est versé un verre de whisky et il est allé s'affaler sur le canapé après avoir allumé une cigarette :

— Alors, ma grande, qu'est-ce qui ne va pas ?

— Ta cendre.

— Quoi, ma cendre ?

— Elle va tomber sur la moquette et je viens de passer l'aspirateur.

— À cette heure-ci ? Non, mais t'es complètement givrée, ma pauvre chérie... Ça devient carrément pathologique, cette manie de l'ordre et de la propreté.

— Pathologique toi-même ! Tu as beau me jurer le contraire, je suis sûre que tu as quelqu'un. Avec toi, rien à faire, faut que tu fasses ton jeune homme, que tu sortes, que tu traînes, que tu dragues, que tu... Non, mais tu me nargues en plus ! Je te parle et au lieu de me répondre, tu te planques derrière un magazine.

— Tu ne me parles pas, Fabiane, tu me cries dessus et tu sais très bien que ça, je ne supporte pas.

— Eh bien moi, ce que je ne supporte pas, c'est la façon dont tu te comportes... Pose-moi ça tout de suite... Non, pas à côté de la pile, sur la pile.

— Tu crois pas que tu pousses là ? Et ce chiffon, c'est quoi ? Et cette boîte de... Non, mais je rêve, t'allais passer la table à l'encaustique à cette heure-ci ? Qu'est-ce qui t'arrive ? Tu as toujours été un peu pénible de ce côté-là, mais pas au point de...

— Ben, justement, c'est de ta faute. Moi, de t'attendre, ça m'angoisse. Et de briquer, ça me tranquillise, alors...

— Alors, comment tu expliques que là, depuis quelque temps, quand tout baigne, quand on est bien ensemble, tu te relèves au milieu de la nuit pour aller voir si j'ai bien nettoyé le lavabo après m'être lavé les dents ?

— Je me relève sur ma lancée, normal vu l'état

d'insécurité où tu me... Qu'est-ce que tu vas faire à la cuisine ?

— Casser une petite graine, je meurs de faim, j'ai pas dîné.

— Ah, non, ça rien à faire, c'est trop facile. Tu n'avais qu'à rentrer à l'heure. Je viens de la ranger, la cuisine, et tu vas encore me la saloper.

— Dans ce cas...

— Non, non, reste... Tu veux un sandwich ? J'ai du jambon, du fromage... Attends, je préfère couper le pain moi-même... Tu vas encore me mettre des miettes partout.

— Et ça là, dans le frigo, c'est quoi ? Le reste du sauté d'agneau ? je vais le faire réchauffer et ça ira très bien.

— Et qui c'est qui va récurer la casserole après, on peut savoir ?

— Maria. Elle vient demain, non ?

— Oui, mais je ne pourrai pas fermer l'œil en sachant qu'il y a une casserole sale dans l'évier. Non, le sauté, tu n'y touches pas.

— Comme tu voudras. Bon, ben, tchao, ma grande, je vais aller manger une choucroute à La Coupole. Et tu sais ce que tu peux faire en mon absence ? Cirer mes pompes. Non, c'est vrai, elle n'y pense jamais, Maria. Prends-en deux paires avant de te coucher et tu dormiras comme un bébé.

Au fond Gérard, c'est tout ce qu'elle déteste, Tchatcha. C'est un petit mec nerveux, sec... Sec, voilà, c'est le mot. Sec et expéditif. À peu près aussi sensuel qu'une perceuse électrique. Incapable d'exprimer un sentiment. Sauf celui de la dérision. Quand elle lui demande s'il l'aime, il répond : « Devine ! » Et quand elle lui dit : « Viens, viens, mon chéri, j'ai envie de toi », il la regarde surpris : « Ah bon ? » Pourquoi tient-elle tant à le garder alors ? Simplement parce qu'en ce moment, elle n'a personne d'autre à se mettre sous la dent et qu'elle l'a, la dent. Elle a faim, faim et soif de plaisir et de mots d'amour. Alors, bon, en attendant mieux...

Et puis, soyons francs, parce qu'elle a été complètement snobée par son métier, à Gérard. La petite midinette qu'elle est restée — et moi donc ! — bave des ronds de chapeau à l'idée que les photos des magazines consacrés aux célébrités dont elle se repaît en cachette, c'est lui qui les a prises. Lui, Lara Fabian, Laetitia Casta, la duchesse d'Orléans et Sharon Stone, il fraye avec, il les connaît. Lui, la grande fête donnée par Mme Giscard d'Estaing dans la galerie des Batailles à Versailles en faveur de l'enfance menacée, le Bal des Débutantes au Ritz, la réception en l'honneur du prince de Monaco chez Maxim's où elle s'invite en nuisette signée Tati, les rouleaux sur la tête, pieds nus sur le carreau de sa cuisine, il y était !

Elle, elle s'y perd un peu. La baronne von Strumpf, c'est qui déjà ? Et M. de la Marre ? Sûrement quelqu'un de très important sinon ils auraient pris la peine de le lui présenter. Par légende interposée. Ce qu'ils font d'habitude : Ici à gauche de Thérèse Finchfloch, c'est le P-DG de... Et, là, le fiancé de... Mais bon, ça lui rentre par une oreille et ça ressort par l'autre. Résultat : elle a beau se pointer, semaine après semaine, dans les mêmes coins avec les mêmes gens, il y en a encore tout un tas qu'elle n'arrive pas à situer. À se demander ce qui leur vaut d'être là.

Pour eux, ça va de soi ! Ils se téléphonent pendant des heures : Nikki von Tikken m'a dit qu'il passerait à la fête du mariage au Printemps. Tu y vas ? Ils se donnent rendez-vous à Vienne, Londres ou New York : Tu descends où, au Pierre ? Chez Vanessa ? Elle sera pas à Gstaad ? Ils échangent ragots et vacheries : Je ne t'ai pas vue au cocktail de Sophia Loren... Tu ne devineras jamais qui l'a liftée en dernier ! Ils se complimentent : Joli, ton petit ensemble noir, hier, chez Dina Vierny ! C'est quoi ? C'est Lacroix ?

Ça a été une source de frustration, de dépit, encore une, au début de leur liaison. Quand elle lui demandait d'entrer dans le détail de ces fêtes

— La copine du prince de Venise, tu sais, la nièce d'Ursula Andress, elle était habillée comment ? — ou quand elle allait à la chasse aux cancans — C'est vrai qu'Ira de Fürstenberg a couché avec Rainier ? — le cynisme désabusé, méprisant de ses réponses — J'en sais rien et je m'en fous... Quel intérêt ? — la cinglait comme une gifle. Et puis petit à petit, elle y a trouvé son compte, elle y a vu une façon de se dédouaner. Ce qu'elle admire secrètement, lui le méprise ouvertement. Ça fait une moyenne. Ça la rehausse. Ça la place à bonne distance de toutes ces ruminantes vaches qui regardent passer, fascinées, le train des grands de ce monde.

En réalité, il adore son métier, Gérard. Ça n'a pas toujours été le cas, notez. Au début, de frayer avec le jet-set sans en faire partie, de se trimballer, habillé en pingouin, transpirant sous le poids de son barda, d'une réception à l'autre, interdit de buffet, pareil qu'un larbin, ou d'être invité à bouffer à la cuisine du grand restaurant, cadre de la réception, ça l'humiliait plutôt qu'autre chose. Et puis, très vite, le dépit aidant, il s'est amusé à observer d'un œil goguenard, cette faune de pique-assiettes qui viennent s'agglutiner soir après soir, autour des mêmes points d'eau. Et dont la notoriété se mesure à l'aune de l'intérêt qu'il leur porte, lui. Eh oui ! Suffit pas d'être invité à souper chez la comtesse de Ribes ou au bal des Monac, encore faut-il que ça se sache. Ou plus exactement que votre présence paraisse digne d'intérêt aux responsables des pages « people » des magazines. Et d'abord aux photographes envoyés, arme au poing, sur le terrain. Très au fait du cours de la Bourse aux vanités, ils ne mitraillent que le gros gibier.

Imaginons, on peut toujours rêver, que vous soyez beau, riche et célèbre. Là, rien à craindre. On vous a immédiatement repéré, cerné, immobilisé sous les flashes, preuve que votre cote n'a pas baissé. Oui, mais bon, ce n'est jamais qu'un premier test. Le second vous le passerez dans la salle de rédaction de *Toi et Moi* où Gérard est en train de vider le contenu de sa gibecière.

— C'est quoi ça, Gégé ? La fête des joailliers placc Vcndômc ? Qui il y avait ? Montre voir... Farah, elle a pris un de ces coups de jeune, dis donc, celle-là !... Le prince de Venise, encore ! Il ne laisse vraiment rien passer, pas un vernissage, pas une foire des antiquaires, pas une fête de charité. Il doit s'en taper au moins trois ou quatre par soirée... Jean-Claude Brialy, bof ! La comtesse d'Orléans, ras le bol ! On la voit partout. À commencer par chez nous, sans parler de *Gala*, *Match* et *Ho-la.* Les lectrices saturent.

— Tiens, prends plutôt, celle-là. Jolie, non ? 19 ans. Sa mère vient de donner un rallye sucette où elle a eu un succès fou. Personne ne la connaît, mais je ne sais pas pourquoi, je la sens. Je vois un grand mariage d'ici quelques années. On serait les premiers à la lancer.

— Bon, OK. Et cette grosse pétasse, là, c'est qui ? Edwina Crafougnat ? Qu'est-ce qu'elle fait dans la vie ?

— Elle a épousé une petite chaîne d'hypermarchés. Rien à voir avec Carrefour. Il ne pèse pas encore bien lourd, Crafougnat, juste de quoi permettre à sa femme de s'asseoir à un bout de table dans les dîners en ville.

— Parce que tu t'intéresses aux bouts de table, toi, maintenant ?

— Attends, c'est ce qu'il y a de plus marrant ! Tu commences par les regarder sans les voir — Qui c'est ça ? — pour te précipiter sur la star ou l'altesse de service. Puis tu fais mine de te raviser, tu reviens sur eux — Vous permettez, madame Crafougnat ? — et tu les prends rien que pour le plaisir de les voir jouir. Tiens, regarde-la poser, M'dame Gondole de Produidentretien, regarde ce sourire incrédule, ravi, soulagé, limite ramenard. Et bisque, bisque rage, les garces titrées, les snobinardes plaquées vieil argent qui méprisent les nouveaux riches ! Elles vont en tirer, une tronche, quand elles verront sa photo dans le journal.

— Oui, ben, c'est pas demain la veille. Bon, on garde la petite von und zu Baissetagen Kejebesetakrup, la comtesse du Schmoll et... Tiens, ils sont ensemble, ces deux-là ?

— Oui, il est même question de mariage.

— Attends, mais il n'a jamais touché à une femme de sa vie.

— À une femme, je ne sais pas... À la coke, ça oui.

Regardez-la, ma Tchatcha, elle n'est pas belle comme ça, debout toute nue, toute nacrée, toute rose, toute dodue devant la glace de sa penderie, piétinant de rage impuissante une demi-douzaine de jeans trop serrés, trop petits, répandus sur la moquette ? Son régime ? Elle l'a suivi, sûre d'elle, pendant trois semaines à peine, pour trébucher sur un banana split — même pas, la moitié d'un, Fabiane a dû se taper l'autre — et retomber de tout son poids dans le péché de gourmandise. Oui, regardez-la, elle essaie de rentrer un ventre rebondi, de serrer les fesses, des fesses opulentes d'accord, mais fermes, appétissantes, pour un peu on mordrait dedans. Elle finit par enfiler un pantalon baggy et gémit : « Ah non, c'est pas possible ! J'ai tellement grossi qu'il me moule là, maintenant... »

Oui, bon, peut-être un peu, mais pas tellement. Tu es gonflée voilà tout. Si tu ne te tapais pas deux litres de flotte par jour aussi... Oui, je sais, ça fait partie du foutu régime, un de plus, que tu as découpé dans un magazine et scotché sur la porte de ton frigo. Oublie-le. Oublie Fabiane. Jamais tu ne pourras rivaliser de volonté têtue, un rien maso avec elle. Faut te faire une raison, c'est pas dans ta nature, tu tiens de ton père, un bon vivant rondouillard et rubicond. Ça revient à la mode d'ailleurs, je te signale, les formes, les rondeurs...

Sauf que c'est pas vrai, elle le sait, la Tchatche, encore un truc inventé par les rédactrices de mode pour rassurer, encourager l'énorme cohorte des lectrices montées à l'assaut de leurs kilos en trop, qui désespèrent de ressembler jamais à des top de 15 ans, des adolescentes longilignes et filiformes : Prenez plutôt modèle sur Laetitia Casta, elle est épanouie, elle est ronde, elle est... Tu parles ! Même si ses mensurations dépassent d'un ou deux centimètres celles de Kate Moss, elle rentre quand même dans des robes calibrées — en gros, si j'ose dire ! — 91-60-92, par les grands couturiers.

La taille mannequin, c'est un must. À preuve les castings qui voient débarquer, envoyées par les agences à la veille des défilés — elles en font six sept par jour —, une ribambelle de grands échalas, leur press-book sous le bras, pas maquillées, le cheveu gras, en baskets et en vieux jean élimé qu'on va d'abord passer, premier test, à la toise ou plutôt au mètre de couturière : hanches, taille, poitrine, épaules. On leur demandera ensuite de se déloquer — certaines, celles qui ont un petit quelque chose en plus, les autres pas la peine —, de se jucher sur des talons aiguilles, taille unique 39, fournis par la maison, et de se mouler dans un fourreau seconde peau signé Lacroix, Chanel ou Ungaro. Le même, question mensurations. On les adaptera aux dimensions souvent généreuses de la cliente, mais le top doit pouvoir s'y couler sans problème. Montre ton press-book... Enfile ça... Bon, tu es prête ? Avance... Arrête... Merci... À la suivante. Ça se passe le plus souvent dans un petit salon sous l'œil impitoyable de l'un des lieutenants du maître : Non, pas celle-là, elle ne sait pas marcher... La blonde là ? Pas question non plus, elle a un gros cul.

Un gros cul, cette sylphide ? Ça par exemple ! Qu'est-ce qu'il dirait du tien, ma pauvre Tchatche ? Rien, il s'en fout, tu n'es pas mannequin. Alors, ton cul, tu t'assieds dessus ! ou plutôt non, tu le bouges un peu. Pour maigrir faut se remuer. Allez, magne-toi le train, ton gosse, tu le ramasses, tu le déposes chez la nounou et tu vas au journal au pas de course.

Oui, bon, OK, elle attrape son gosse, le dépose chez la nounou, une voisine, et saute dans sa Clio garée à deux pas... Deux pas de course !

— Eh bien, Nathan, tu ne veux pas faire un câlin à tata Flo ? Allez, viens, mon chéri, viens là... Non, mais regarde-le, Tchatcha, il a peur de moi ! Normal, remarque, il ne sait pas au monde qui je peux bien être.

— Qu'est-ce que tu racontes ? Il te reconnaît parfaitement. Je lui montre souvent la photo où tu le tiens dans tes bras.

— Si tu es obligée de lui montrer ma photo, c'est bien parce qu'il ne me voit que tous les 36 du mois !

— La faute à qui ?

— Pas à moi, en tout cas. Moi, je me languis après ce bébé. Mais chaque fois que je te propose de le prendre, tu refuses.

— Je ne vais quand même pas m'en priver pour te le donner. Tu n'as qu'à venir le voir ici.

— Oui, bien sûr, mais ici, c'est pas pareil. Ici tu es là et il n'y en a que pour toi.

— Enfin, Flo, sois raisonnable. Tu ne peux pas attendre d'un bébé de vingt mois qu'il préfère sa tata à sa maman.

— J'ai pas dit ça ! Reste que je suis sa seule famille du côté de son père et que...

— Parlons-en ! Si ton frère ne m'avait pas tourné le dos quand j'ai bondi, folle de joie, hors de la salle de bains en brandissant mon test de grossesse, il aurait peut-être eu une famille, Nathan, que là...

— Tu ne vas quand même pas me rendre responsable de la conduite de ce con. Elle t'arrangeait en plus. C'est bien ce que tu voulais, non, avoir un enfant toute seule ? Oh, Tchatcha, si tu savais la chance que tu as...

— Pourquoi tu dis ça ? Ça ne va pas avec Franck ?

— Si, très bien. Enfin, aussi bien que possible vu les circonstances. Non, la chance ce n'est pas de l'avoir eu toute seule, c'est de l'avoir tout court.

— Oui, c'est vrai. Où tu en es de ce côté-là, ma pauvre chérie ?

— Nulle part. Ça a raté encore un coup et bon, je craque là, j'en peux plus. D'autant qu'à mon âge...

— Tu as quoi ? 38 ans, c'est ça ?

— Tu rêves ! J'en aurai 40 en juillet. Non, c'est foutu, je te dis. Qu'est-ce que je vais devenir ?

— Arrête de chialer, ma puce, tiens, prends un kleenex, mouche-toi le nez, calme-toi et on va en parler tranquillement.

— Parler de quoi ? Il n'y a rien à dire. Ça n'a pas pris, voilà tout.

— Normal, écoute ! Une fécondation in vitro, c'est la loterie. On ne peut pas gagner à tous les coups. Tu as déjà essayé deux fois, la prochaine ce sera la bonne, tu verras. Il te reste combien d'embryons ?

— Quatre.

— Et tu te les fais implanter quand ?

— Pas avant la rentrée. Faut laisser passer trois mois. De toute façon, je ne suis pas sûre de recommencer, c'est trop pénible.

— L'insémination ?

— Non, là, tu ne sens rien. C'est quand ils te prélèvent les ovules que... Mais bon, ils te font une anesthésie générale, alors... Ce qui est insupportable, c'est d'attendre ensuite chez soi sans bouger ni pied ni patte pendant quinze jours dans l'espoir que ça prenne. Déjà que de dételer plus d'une semaine, pour moi, c'est pas évident...

— Alors là, Flo, t'es mal barrée. Si tu stresses en pensant à tes clients au lieu de te concentrer sur ton bébé, ça ne marchera jamais.

— J'essaie, mais...

— Il n'y a pas de mais. Pourquoi tu crois que les femmes qui s'investissent à fond dans leur boulot ont tellement de mal à être enceintes ? C'est à cause de ça.

— Oui, je sais, mais, entre nous, je ne vois pas le rapport.

— Il existe pourtant, c'est bien connu. Faut pas non plus que ça devienne obsessionnel, ce désir d'enfant. On a publié un article là-dessus dans *Toi et Moi.* C'est très contre-productif ça.

— Qu'est-ce qu'il faut faire, alors ?

— L'amour.

— Tu m'en diras tant !

— Non, sérieux ! Faut s'envoyer en l'air le plus souvent et le plus fort possible. De nous voir jouir, ça les excite, les spermatos, ils se précipitent et bingo !

— Avec une seringue sur un lit d'hôpital, c'est pas évident, je vais te dire.

— Oui, bon, d'accord. Reste que ça réussit encore assez souvent, les FIV. La preuve, toutes ces grossesses multiples...

— Ah, tais-toi, si ça pouvait m'arriver ! J'en rêve. Des triplés. Deux garçons, une fille. Ce serait génial, non ?

— C'est un full time job, je te signale. Est-ce que tu serais prête à renoncer au tien ?

— Tu rigoles ? Je viens de signer un énorme contrat, pas question que je décroche...

— Dans ce cas-là, c'est eux qui vont décrocher, c'est tes embryons. Ils vont se pointer. Ils vont inspecter les lieux, renifler : Berck ! Ça sent le compte d'exploitation, le retour sur investissement et les marges bénéficiaires à plein nez dans ce trou ! Et ils vont repartir en courant. Passer neuf mois dans le bureau d'un conseiller financier, merci bien, non merci !

Elle évolue à une de ces vitesses, dites donc, l'évolution ! L'évolution des mœurs s'entend. Prenez Lolotte... Qui ça, Lolotte ? Enfin, voyons, ma Lolotte, la Lolotte de cet impérissable chef-d'œuvre, de ce grand classique, *Allô Lolotte, c'est Coco*, paru il y a quoi... Quatorze, quinze ans. Eh bien son problème à Lolotte, une Lolotte à l'écoute angoissée de l'implacable tic-tac égrené par son horloge biologique, elle approchait de la quarantaine, une Lolotte en mal de bébé, c'était de dégotter le papa qui va avec.

Il n'y a pas si longtemps, sorti de deux ou trois vedettes de cinéma assez riches et assez célèbres pour se le permettre, on ne choisissait pas, ou alors très rarement, d'avoir un enfant toute seule. Pas facile de jouer et au papa et à la maman. Rappelez-vous la chanson de Jean-Jacques Goldman, « Elle court toute la journée. Elle court de décembre en été... Et elle fume, fume, fume même au petit déjeuner ». Faut vous dire qu'en ce temps-là — Oui, raconte grand-mère ! — aux yeux de la concierge, elle n'avait pas encore été élevée au rang de gardienne d'immeuble, vous n'étiez jamais que la fille mère du troisième. Ou la divorcée du rez-de-chaussée. Deux situations de famille socialement incorrectes. Incorrectes au point qu'on se gardait bien de s'y mettre. Impensable aujourd'hui. Aujourd'hui, c'est la fiancée qui fait sourire par son conformisme rétro. Et demain, vous verrez, ce sera la femme mariée.

Tchatcha, elle, a répondu à son désir d'enfant, sans se poser l'ombre d'une question. Toute petite déjà, elle devait avoir dans les 9-10 ans, elle ne pensait qu'à ça. Elle en voulait deux, deux garçons, deux angelots roses et blonds aux yeux bleus qu'elle aurait découverts abandonnés dans un panier sur le chemin de l'école. Elle les baignait, elle les langeait, elle leur donnait le biberon, elle les habillait pareil, elle les emmenait au bord de la mer, si jolis, si mignons, si bronzés, le cul à l'air, deux brugnons. Elle fantasmait comme une malade. Et puis ça lui est passé. Les petits copains ont pris le pas sur les petits bébés.

Mais, bon, pas complètement. La preuve, elle n'a rien eu de plus pressé que de réaliser son rêve d'enfant en se faisant engrosser à la première occasion. Une bonne occasion. Ça n'était pas n'importe qui, Gilles, le frère de Flo. C'était un jeune journaliste, beau gosse, bonne plume, petite réputation déjà qui, lui, rêvait de faire une carrière multi-média à la Labro et qui pour rien au monde ne se serait laissé enfermer dans le huis clos contraignant, bêtifiant — lolo-pipi-caca-bobo — d'une vie de famille commencée trop tôt.

Elle le savait, ça, Tchatcha. Il ne s'en était jamais caché. Tant pis ! Tant pis pour lui ! Tu n'en veux pas, de ce bébé ? Bon, ben, je le remets dans ma culotte et on n'en parle plus. C'est ce qui s'est passé. Ils ont continué à se voir, comme si de rien n'était, jusqu'au jour où, le sentant bouger pour la première fois, c'était comme un effleurement, un léger mouvement intestinal, elle n'a pas pu s'empêcher de pousser un petit cri enchanté, surpris.

— Qu'est-ce qu'il y a ?

— C'est rien, c'est le bébé qui se manifeste.

— Merde, déjà ? Bon, ben, il est temps que je me casse. Si je continue à traîner dans ton lit, je vais finir par me retrouver en salle de travail, moi aussi. Et ça, pour rien au monde ! Tu ne m'en veux pas, hein, la Tchatche ? Tu es sûre que tu pourras te débrouiller ? Si c'est trop emmerdant, tu sais ce que tu fais ? Tu le donnes à ma sœur. Elle n'attend que ça, elle, depuis des années. Ça lui fera très plaisir et toi, tu en seras débarrassée. Bon, allez, bon courage, ma grande ! Et bonne continuation !

Où elle en est Chloé avec Lorenzo ? J'aimerais bien le savoir, Tchatcha aussi, mais elle se l'interdit. Elle évite soigneusement de se retrouver en tête à tête avec sa copine, ne met plus les pieds dans son bureau, lui lance un petit « ça va ? » pressé, distrait quand elle la croise devant l'ascenseur ou au détour d'un couloir et s'efforce de garder ses distances pour ne pas être tentée, l'autre ne demande que ça, d'entrer dans la confidence. Parce qu'elle l'est, tentée, partagée entre une curiosité un rien malsaine, peut-être, mais bien naturelle, avouez, et un minimum de loyauté vis-à-vis de sa mère. Elle m'énerve, cette Tchatcha ! Elle est là, elle se tâte : que faire ? Rompre carrément avec Chloé ? Oui, mais alors elle se coupe de sa seule source d'informations. Se rapprocher d'elle, au contraire ? Ce serait se montrer complice, pire, ce serait trahir Fabiane et ça, malgré tous ses griefs, Tchatcha ne veut pas. Je n'ai pas dit ne peut pas, nuance ! Elle pourrait très bien.

Elle pourrait si bien qu'au bout de trois mois, quand Chloé a fini par l'aborder avec des yeux de chien battu — Écoute, ça va mal, faut que je te parle ! —, Tchatcha, trop contente — si ça va mal pour Chloé, ça va bien pour Fabiane —, s'est empressée de l'inviter à déjeuner dans un bistro du quartier.

— Bon, alors, où ça en est, cette histoire à la con ?

— Nulle part.

— Comment ça, nulle part ? Si ça va mal, c'est bien que ça va quelque part.

— Oui, mais je ne vois pas où. On est bien ensemble, très bien même, on se voit de plus en plus souvent...

— Alors, où et le problème ?

— Le problème, c'est Fabiane.

— Tu m'étonnes !

— Non, mais tu ne peux pas imaginer le cirque que c'est ! Elle n'arrête pas de lui faire des scènes de jalousie, elle...

— Ah ! Parce qu'elle est au courant ?

— Ben oui, elle l'a tellement tanné pour savoir la vérité qu'il a fini par la lui dire. Et depuis, c'est l'enfer, elle est tout le temps après lui, elle l'engueule, elle le supplie, elle le menace, elle ne dort plus, elle ne mange plus... Enfin, t'as bien vu, paraît qu'elle a perdu près de six kilos.

— Mais non, justement, je ne l'ai pas vue, moi, ces derniers temps. Je le lui ai proposé plusieurs fois... Elle n'y tenait pas visiblement... Six kilos, mais c'est effrayant, déjà qu'elle n'avait que la peau et les os ! Alors, qu'est-ce que tu comptes faire ?

— Moi ? Mais j'y suis pour rien !

— Tu te fous de ma gueule ou quoi, Chloé ?

— Ce ne serait pas moi, ce serait une autre. C'est leur problème, pas le mien. Et il ne date pas d'hier. Il en avait ras le bol de ta mère quand il m'a rencontrée, Lolo. Elle n'a aucun tempérament, entre eux l'amour, ça a vite tourné à la routine et...

— Je t'en prie, Chloé, épargne-moi vos confidences sur l'oreiller.

— Oui, bon, OK, mais il n'y a pas que ça.

— Quoi, qu'est-ce qu'elle lui faisait ?

— Des scènes, déjà... D'où tu viens, où tu vas ?... Elle était devenue insupportable.

— C'est ce qu'il raconte, mais je n'en crois pas un mot. Elle l'adore, il n'y en a que pour lui. Elle refusait de nous inviter chez elle, Nathan et moi, parce que Lorenzo, les gosses... Il est comme elle pour ça. Et nos dîners au restaurant, elle les espaçait, elle les écourtait pour ne pas le laisser seul à la maison.

— Pour être sûre de l'y retrouver, oui. Elle vivait dans la terreur de le perdre.

— Elle avait peut-être de bonnes raisons, la preuve !

— La preuve de quoi ? Si elle n'avait pas cherché à le mettre en cage, il ne se serait peut-être pas envolé, son bel oiseau.

— Et si ma tante avait des roues, ce serait un autobus. C'est trop facile ! On la trompe, on la trahit, on la désespère, la faute à qui ? Ben, tiens, à sa pomme ! La victime responsable du crime de ses bourreaux, moi, ça me révolte. Pauvre amour !

— Pauvre amour, Fabiane ! Venant de toi, c'est énorme !

— Pourquoi ?

— Parce que elle, elle ne t'aime pas.

— Comment tu le sais ?

— C'est Lolo qui me l'a dit. D'ailleurs tu le sais aussi bien que lui.

— Non, je ne le savais pas vraiment. C'était une impression, pas une certitude, alors que là...

— Allez, Tchatcha, remets-toi, allez, quoi... C'est ma faute aussi, je n'aurais jamais dû te répéter ça.

— Laisse, ça ne fait rien.

Si, ça fait, ça fait mal, très mal. Entre ne pas s'entendre et ne pas s'aimer, il y a un abîme. Et bon, elle a reçu un drôle de coup, là, Tchatcha, un coup à perdre l'équilibre et à chercher d'instinct de quoi expliquer, justifier les sentiments, l'absence de sentiment plutôt, de Fabiane. On s'étonne toujours de voir les enfants martyrs s'accuser des mauvais traitements infligés par leurs parents. Rien de plus normal, je dirais presque de plus vital. Dans notre esprit, l'amour d'une mère pour son petit, ça va de soi, c'est une donnée de la nature, une donnée intangible. Vrai ou faux, peu importe, c'est ainsi qu'on le conçoit, qu'on le ressent sa vie durant. Que cet amour se dérobe ou qu'il se traduise par de la haine, l'enfant, même grand, ne peut l'expliquer qu'en s'en rendant responsable.

Dans un premier temps, Tchatcha ne réagira pas autrement. Si Fabiane ne l'aime pas, ça n'est pas de sa faute, c'est de la sienne à elle, à elle seule. Forcément. Elle est trop désordre, trop moche, trop débraillée pour lui plaire. Et trop critique, trop lucide à l'égard de sa mère pour lui inspirer confiance ou même pour lui donner l'impression d'être aimée en retour. La preuve, cette façon qu'a Tchatcha de discuter de son cas avec Chloé comme s'il s'agissait d'une simple connaissance, même pas, d'une étrangère. C'est impardonnable.

Oui, dans un premier temps, elle va culpabiliser à mort, la Tchatche. Et dans un deuxième temps, le temps d'un après-midi, quand de retour chez la nourrice, elle aura pris son bébé dans ses bras, un bébé accouru en gloussant de joie, ravi, maladroit, avec son gros derrière plein de couches, elle va commencer à se poser des questions. Elle va repenser à sa propre enfance, à ce père si présent, si tendre, et à cette mère absente d'abord, dure, exigeante ensuite au point d'en paraître méchante. Pourquoi paraître ? Elle l'était, elle l'est peut-être, tout simplement. Qui disait déjà que l'instinct maternel n'existait pas en tant que tel, que ça relevait de l'acquis, pas de l'inné. Ah, oui, Elisabeth Badinter. Elle avait lu un truc là-dessus dans *Toi et Moi*.

Oui, mais bon, l'instinct maternel, cet instinct venu des tripes, atavique, irrésistible, dominant, ça existe bel et bien, regardez-la avec Nathan. Et si ça existe, pourquoi Fabiane ne l'aurait-elle pas ? Elle l'a eu, sûr et certain, ça n'est pas un monstre quand même ! Et il aura fallu que Tchatcha la déçoive au point de l'avoir perdu. Et la voilà repartie dans sa partie de cache-cache — C'est de ma faute, non, c'est de la sienne, si, c'est de la mienne —, incapable qu'elle est d'accepter l'idée qu'elle puisse ne pas être aimée par cette mère qu'elle aime, elle... Bien sûr, qu'elle l'aime, c'est sa mère !

Et si ce n'était pas vrai ? Si Lorenzo avait dit ça pour faire taire les rares, les faibles scrupules de Chloé : « Quoi, c'est la mère de ta copine ? Et alors ? Elle s'en fout bien, de Tchatcha, Fabiane, crois-moi, elle ne peut pas l'encadrer. » Comment en avoir le cœur net ? T'as qu'à l'appeler. Qui ça, Lorenzo ? Mais non, idiote, ta mère.

— Allô, Fabiane ? C'est moi, c'est Tchatcha.

— Oui, qu'est-ce qu'il y a ?

— Je te dérange ?

— Non, pourquoi ?

— Je ne sais pas, t'as l'air...

— Ah ! Parce que j'ai un air ? Au téléphone ?

— Oui, bon, pas un air, un son. Un son excédé.

— Et c'est pour ça que tu m'appelles, pour m'accuser de ne pas te répondre avec assez d'enthousiasme ?

— Mais non, qu'est-ce que tu vas chercher, je venais aux nouvelles, c'est tout. Comment ça va ?

— Très bien, pourquoi ?

— Pour rien, voyons, je demandais ça comme ça... J'aimerais bien te voir. Ça fait une éternité qu'on ne s'est pas... Si on dînait ensemble un de ces soirs ?

— Écoute, je ne sais pas... Là, en ce moment, j'ai pas tellement... Je te rappellerai quand j'y verrai plus clair. Allez, au revoir.

Tchatcha a raccroché, dépitée, furax. Dire qu'elle se prenait la tête, bourrelée de remords, qu'elle cherchait des excuses à cette garce incapable d'éprouver le moindre sentiment pour qui que ce soit : « Moi, n'en parlons pas ! Elle s'en fout, c'est évident, elle s'en fout royalement. Lorenzo, ça oui, elle y tient, normal, il est à elle, rien qu'à elle. Pas question qu'on le lui prenne. Dire que j'ai tout fait pour empêcher ça. J'étais bien conne ! Si Chloé le lui pique, tant mieux. Ça lui fera les pieds ! »

Fabiane a raccroché, indignée. Sa fille, sa propre fille encourage — va savoir si elle ne l'a pas suscitée ! — la liaison de Lorenzo avec sa meilleure amie et elle a le culot de l'appeler pour lui demander comment ça va ! Enfin, c'est insensé ! Attends, Fabiane, qu'est-ce qui te permet d'affirmer une chose pareille ? Ah bon ! Tu le sais ? Chloé, Lorenzo l'a rencontrée dans le bureau de Tchatcha, il te l'a raconté ? Il t'a dit aussi qu'elles en avaient parlé, que Tchatcha était au courant et qu'elle approuvait ? Et tu le crois ? « Bien sûr que je le crois. Toute petite déjà, il n'y en avait que pour son père. Moi, elle m'ignorait. Plus tard, chaque fois que j'essayais de m'en rapprocher, elle me fuyait, hostile, fermée. À la moindre remarque, elle se hérissait, insolente, furax, toutes griffes dehors, pour un peu elle m'aurait sauté à la gueule ! » Oui, mais bon, passé l'adolescence, ça s'est quand même un peu arrangé, non ? « Si on veut. Le fond du problème, c'est qu'elle a toujours été jalouse de moi, cette petite garce. Sur tous les plans. »

Elle est loin de se douter d'une chose pareille, Tchatcha. Comment imaginer que ce salaud de Lorenzo ait pu se servir d'elle pour faire avaler l'amère pilule Chloé à cette pauvre Fabiane ? Pas pensable ! Donc elle n'y a pas pensé. Pas un seul instant. Et, tout à son dépit vengeur, elle a attendu avec impatience le retour de sa copine — ils sont allés passer quelques jours à Honfleur, elle et son Lolo — pour savourer les derniers épisodes de ce qui est devenu son feuilleton préféré. Seulement voilà, l'autre n'a pas l'air bien pressée de lui passer la cassette. Elle fait son importante, sa débordée : « Tu ne sais pas le boulot que j'ai... Ça c'est accumulé en mon absence et bon, je n'ai pas le temps de déjeuner... Écoute, on verra ça la semaine prochaine ou celle d'après, OK ? »

Non, pas OK. Tchatcha va insister — Tu as quand même le temps de prendre un café, non ? — et finir par s'attabler avec une Chloé un peu boudeuse, un peu gênée au bar-tabac du coin.

— Alors, c'était comment Honfleur ? C'était bien ?

— Écoute, Tchatcha, j'ai pas tellement envie d'en parler.

— Il s'est passé quelque chose ?

— Non... Rien de spécial...

— Tu me le dis sur un de ces tons ! Ça va pas entre vous ?

— Mais si ça va... Enfin, ça va comme ça peut aller.

— Ben, raconte...

— Je ne peux pas.

— Pourquoi ?

— Parce que ça ne te regarde pas.

— Alors, ça c'est pas mal ! Et ça me regardait peut-être quand tu es venue me l'annoncer avant même d'avoir couché avec lui ?

— D'abord, je ne t'ai rien dit du tout. Sauf le fait que j'avais rencontré quelqu'un. C'est toi qui as deviné qu'il s'agissait de lui.

— Ouais, enfin, t'as pas chercher à me le cacher non plus. Trop contente de pouvoir y aller de ton histoire.

— Normal, tu étais ma meilleure amie.

— Et je ne le suis plus ?

— Si... Enfin, non, c'est plus pareil. Toi-même tu l'as senti, tu m'as évitée pendant des semaines au début, tu m'as tenue à l'écart.

— Tu peux le comprendre ça, non ? J'étais gênée, je ne savais pas sur quel pied danser rapport à Fabiane.

— Et tu avais raison. Il ne fallait pas remettre ça.

— Attends, c'est toi qui es venue me chercher. Moi, je ne t'ai rien demandé.

— Oui, je sais, j'aurais pas dû, mais je n'ai pas

pu m'en empêcher. C'est ce que je me tue à lui répéter.

— À qui ? Je ne comprends pas.

— Ben, tiens, à Lorenzo.

— Ah ! Parce que c'est lui qui ne veut plus qu'on se voie ?

— Oui, je lui ai dit que je t'avais dit que ta mère ne t'aimait pas et que ça avait l'air de t'embêter, et il m'a fait une scène à tout casser : « De quoi tu te mêles ? T'avais pas à lui répéter ça ! Et qu'est-ce que tu lui as raconté d'autre ? Sur moi ? Sur nous ? Sur Fabiane ? Ça ne peut pas continuer comme ça, c'est trop malsain... » Bref, il m'a interdit de te revoir. C'est lui ou toi.

— Quel chien, ce mec ! Il commence par me brouiller avec ma mère, après quoi il t'oblige à rompre avec moi. De quel droit ? Tu ne vas pas céder à ce chantage, enfin, Chloé ?

— Je ne peux pas faire autrement, voyons, chérie. Ne crois pas que ça me fasse plaisir. J'en suis malade... C'est fou ce que tu vas me manquer... J'ai personne d'autre à qui me confier. Déjà que c'est pas facile à vivre, cette situation de merde...

— Tu ne crois pas que tu devrais essayer d'en sortir ? Qu'est-ce que tu attends pour lui rendre la pareille en l'obligeant, lui, à choisir entre Fabiane et toi ?

— Ça viendra peut-être... Même sûrement. Mais pour le moment, c'est au-dessus de mes forces. J'y tiens trop. Et de toute façon, même si je le renvoyais chez lui, ça ne servirait à rien. C'est trop tard.

— Attends ! Tu veux dire qu'il l'a quittée ?

— Penses-tu ! Il n'y a pas moyen. Elle s'accroche,

elle se cramponne, elle hurle, elle crie, elle pleure...

— Marrant, c'est pas elle, ça !

— Si, si, je te jure, elle n'arrête pas de geindre, de se plaindre, elle a des problèmes, des ennuis de santé...

— Quels ennuis ?

— Je ne sais pas, tout et n'importe quoi. Elle saigne, elle...

— C'est plus de son âge, ça.

— Non, pas d'où tu crois. Du sein.

— Elle saigne du sein ?

— Oui, elle se paye des stigmates, histoire de passer pour une sainte et une martyre.

Je ne vous ai pas dit ? Ils ont rompu, Gérard et Tchatcha. Ou plutôt elle l'a laissé filer, sans chercher à le rattraper. Le jeu n'en valait pas la chandelle. Ils continuent à se voir. En copains. Ils s'aiment bien. Pas assez pour s'en vouloir. Trop pour résister au besoin de s'envoyer des vannes, de se chercher des poux, de se rappeler au mauvais souvenir d'une liaison mal assortie. Ça va être encore le cas, ce soir. Un soir assez particulier, faut reconnaître. Ils se sont retrouvés par hasard au bar du café-tabac en bas du journal.

— Comment ça va, ma grande ? Allez, je t'offre un verre. On va fêter ça.

— Fêter quoi ?

— Mon mariage.

— Tu te maries ? Ça alors ! Contre qui ?

— La fille d'Arnaud de Saint-Clair. Très bonne famille de province. Membre du Jockey Club.

— Je te crois pas !

— Pourquoi ? Qu'est-ce que ça aurait de tellement extraordinaire ?

— Enfin, Gérard, t'arrêtes pas de te foutre de

ma gueule, de me traiter de midinette parce que je m'intéresse à ces gens-là, alors que toi, tu les méprises, tu les prends de haut, tu...

— D'abord, ça n'est pas vrai. Ensuite, ils sont charmants, les parents d'Alix, drôles, cultivés.

— Et tu l'as rencontrée où ?

— Dans un rallye.

— Ah ! Parce que tu t'appuies les rallyes, là, maintenant ? Je croyais que ça n'avait aucun intérêt. Rien que des gosses de riches et des mères marieuses.

— Et alors ? C'est une façon comme une autre de trouver chaussure à son pied entre jeunes du même monde.

— Non, mais je rêve ! Tu ne parles pas sérieusement, là ? Qu'est-ce qui t'arrive ? Tu es tombé sur la tête ou quoi ? Elle est comment, ta dulcinée, pour te rendre con à ce point ?

— Elle est fine, longue, mince, blonde, aristocratique dans le vrai sens du terme. Elle est distinguée, élégante, discrète, bien élevée. Jamais un mot plus haut que l'autre...

— Même quand tu es sous la douche et que tu n'entends rien ?

— C'est pas comme toi, hein ! Toi, on t'entendait brailler dans tout le quartier : « Gé-rard, le téléphone ! Tu réponds ? Non ? Ben, va te faire foutre ! » Pas vrai, ma petite maritorne ?

— Maritorne, moi ? Retire ça tout de suite !

— Je rigole ! N'empêche, tu le cultives, non, ton côté un peu souillon, bordélique, fort en gueule, plus nature que moi, tu meurs ?

— Et toi, tu ne le cultivais pas, peut-être, jusqu'à ta rencontre avec M'dame la duchesse, ton côté cynique, pince-sans-rire, blasé, revenu de tout ? Dommage, j'aimais bien, ça m'en imposait, que là, tu vas avoir un petit côté parvenu d'un ridicule !

— Ne sois pas désagréable, tu veux, Tchatcha ? Tu es jalouse ou quoi ?

— Moi ? Non, mais ça va pas ! Je suis vexée, c'est tout. Que tu ne m'aies jamais aimée, je m'en fous, mais que t'en aimes une autre, une Miss de Saint-Trucmuche en plus, c'est quand même un peu râlant, avoue !

Qu'est-ce que c'est que cette histoire ? Elle saigne du sein, Fabiane ? Oui, elle a trouvé une tache de sang sur sa chemise de nuit un matin en se réveillant et elle a paniqué : elle est foutue, sa chemise ! Du sang sur de la soie, ça ne partira jamais ! Le lendemain plus rien. Ça recommence quelques jours après, le jour où elle a rendez-vous chez son esthéticienne. Depuis le temps qu'elle s'allonge, confiante, détendue dans sa cabine pour une épilation, un soin du visage ou une teinture de cils, c'est devenu une copine, Dany. Elles se déboutonnent, elles se font des confidences, elles se laissent aller... Si, si Fabiane, ça lui arrive, et plus souvent qu'à son tour. Suffit qu'elle se sente en sécurité, à l'abri d'un regard inamical ou critique, sous un masque de boue, pour qu'elle enlève le sien, de masque, et se livre crue et nue à l'efficace et affectueuse complicité de cette pro de la beauté. Très jolie femme, au demeurant, brune aux yeux noirs. Une excellente réclame pour son salon.

— Tu as vu ? Tu t'es fait une tache sur ton soutien-gorge.

— Oui, c'est un peu de sang, mais c'est pas grave. Le nylon, ça craint rien. Je ne sais pas ce que ça peut être.

— Une forme d'eczéma, je crois. J'ai une cliente, tu sais, Mme Delénorme... Mais si, cette dame d'un certain âge, très forte, très maquillée, très bijoutée, très friquée qui se prend pour Sharon Stone, ben, ça lui est arrivé pareil.

— Et comment ça se soigne ?

— Je ne sais pas, une pommade, un truc comme ça. Faut que tu ailles voir ton dermato, il te le dira... Tu ne devineras jamais ce qu'elle m'a sorti, l'autre jour, la mère Delénorme : « Ça devient infernal, je ne peux plus mettre un pied dehors sans être harcelée. Les hommes sifflent sur mon passage, ils me suivent, ils m'abordent. Vous n'imaginez pas ce que c'est, ma pauvre Dany, forcément... » Je me suis retenue pour ne pas lui rire au nez.

— Ce que j'aurais aimé être comme elle !

— Tu plaisantes ou quoi ?

— Attends, si je m'étais sentie bien dans ma peau, sûre de moi, belle, sexy tout ça, je n'aurais pas passé ma vie à me trouver des défauts et à essayer de les corriger... Tiens, à propos, regarde un peu mes fesses, elles commencent à faire des plis vers le bas, surtout la gauche... Tu es d'accord, hein ? Oh là là ! Il ne me manquait plus que ça !

— Arrête avec ça, Fabiane, arrête de t'examiner sur toutes les coutures à longueur de journée. T'es complètement obsédée, ma parole ! Pense à autre chose.

— À quoi ? Aux amours de mon petit ami avec

la grande amie de ma fille ? Ben, tu vois, je préfère encore m'asseoir dessus en pensant à mon cul.

Elle est bien sereine, dites donc, ma Fabiane — sauf quand il s'agit de ses rides et des ses plis, ça, d'accord —, elle témoigne d'un sacré « self-control » pour quelqu'un qui enchaîne les crises de nerfs en se roulant par terre, la bave aux lèvres et les yeux fous, dans les affres de la passion bafouée. Elle a raison, Tchatcha, ça ne lui ressemble pas. À se demander s'il n'en rajoute pas un peu, Lorenzo. Classique : Quitter ma femme ? Écoute, chérie, je ne peux vraiment pas, elle se jetterait par la fenêtre. De ce côté-là, rien à craindre avec Fabiane. Elle serait plutôt du genre à se jeter sur une serpillière et sur un seau pour éponger son trop-plein de fureur jalouse. Mais bon, c'est l'image d'elle, humiliante, à la limite du ridicule, que se plaît à colporter une Chloé partagée entre le mépris et la pitié. Et ça, si elle le savait, je crois que là, oui, elle en crèverait, Fabiane. De dépit outragé.

Elle sort beaucoup, en ce moment, la Tchatche. Elle aurait quelqu'un que ça ne l'étonnerait pas, Florence. Qui ça Florence ? Vous savez bien, sa belle-sœur de la main gauche, une jeune femme en mal d'enfant, invitée de plus en plus souvent à venir jouer à la poupée en fin de journée avec Nathan.

— Je t'ai préparé son dîner... N'oublie pas de le mettre sur le pot avant de le coucher et..

— Le pot ? À vingt mois ! C'est pas un peu tôt ? Je croyais qu'il fallait attendre qu'ils soient capables de grimper sur une échelle, avant de les...

— Qu'est-ce que tu racontes ?

— Ce que dit la mère Dolto. Paraît que c'est lié, l'échelle et la propreté. Ne me demande pas pourquoi ni comment, je voulais étudier ça hier soir, mais comme je sortais d'un conseil d'administration épuisant, je me suis endormie sur mon bouquin. Tu ne rentres pas trop tard, dis, parce que moi, faut que j'aille...

— Potasser tes manuels de puériculture ? Tu as tout le temps, non, avant qu'on te les implante, tes embryons ? Après, si tout va bien, tu auras encore neuf mois devant toi, sans compter ton congé de maternité, pour...

— Quel congé de maternité ? Tu ne penses tout de même pas que je vais laisser « Pousse-toi-de-là » s'occuper de la boîte sans moi pendant que...

— Arrête de l'appeler comme ça, Flo ! Il est tout ce qu'il y a de plus réglo, ce mec, ton mari se tue à te le répéter... Mais non, rien à faire, toi, si tu ne fais pas une fixette sur quelque chose ou quelqu'un, un associé, un bilan ou un bébé, tu t'emmerdes, tu ne te sens plus exister.

— N'importe quoi !

— Pas du tout. Dans le cas du môme, c'est criant. Au lieu de déclencher le plan ORSEC, tu aurais très bien pu en avoir un avec Franck d'une façon naturelle, sans y penser, depuis le temps. Tu t'en es bien gardée. Ç'aurait été trop simple. Trop facile. Tu te serais sentie frustrée.

— Merci pour la consultation, Dr La Tchatche. D'après vous, faut compter combien de séances par semaine pour arriver à me débloquer ?

— N'empêche, si elle foire encore un coup, ta FIV, c'est ça que tu devrais faire, aller voir un psy. Bon, c'est pas tout ça, faut que je me sauve, moi !

— Je ne voudrais pas être indiscrète, mais où tu vas encore ? Et avec qui ? Gérard ?

— Gérard ? Jamais de la vie. Il y a longtemps que c'est fini. Je vais voir le Woody Allen.

— Toute seule ?

— Oui... Enfin, non, pas vraiment... Mais, bon, j'ai pas envie d'en parler.

— Pourquoi ? C'est pas sérieux ? Au lieu d'enchaîner les histoires sans lendemain, tu ne crois pas que tu devrais... Non, c'est vrai, il a besoin d'un père, ton gamin. Hein, que tu as envie d'un papa, mon bébé joli ?... Tiens, tu vois, il le dit. Il dit papa.

— Il répète après toi, voyons, Flo. Il n'a aucune idée de ce que ça peut bien être.

— Ben, justement. Il serait grand temps que tu...

— Tu vas me lâcher, oui ? Tu veux que je lui pose un lapin ou quoi ?

— Qui ça lui ? Allez, dis-le ! Comment il s'appelle d'abord ?

— Maxime.

— Et qu'est-ce qu'il fait ?

— Il fait pitié à m'attendre sous la pluie devant la porte de l'UGC Danton. Bon, allez, j'y vais...

— Et tu me ramènes la cassette du dernier épisode, Max et Tchatcha vont au cinéma, promis ?

Oui, ben, avant de vous passer le dernier épisode de ce nouveau feuilleton, il faudrait peut-être que je vous soumette le scénario des deux premiers :

Une salle de rédaction à *Toi et Moi*, rue Falguière. Service voyages. Ambiance survoltée. On boucle ce soir et la rédactrice chargée des pages « Week-end en Toscane » vient d'appeler : son père est au plus mal, elle faxe son article avant de sauter dans le premier avion pour Bordeaux. En ce qui concerne les renseignements pratiques — trains, vols, bonnes adresses —, contacter Maxime à l'agence Montparnasse de Selectour. Tchatcha, qui passait par là — elle est assistante au service beauté et elle rêve de prendre du galon —, propose ses services.

Plan plongé sur l'agence entièrement vitrée au vingtième étage de la tour. Plan rapproché sur un bureau envahi de brochures, de dépliants et de papiers. Derrière son ordinateur, téléphone coincé entre l'épaule et l'oreille, un grand rouquin aux yeux bleus et au sourire malicieux tente de rassurer un client, apparemment énervé, qu'on entend aboyer au bout du fil, tout en se frottant la joue du revers de la main à l'intention de Tchatcha, assise en face de lui : Un raseur, encore un, désolé, il sera à elle tout de suite.

Dans l'immense salle de rédaction paysagée de *Toi et Moi*, l'alvéole qui abrite le bureau de Tchatcha. Son téléphone sonne. Elle décroche. C'est Maxime. Il a oublié de lui signaler un petit hôtel de charme à Sienne. Bon prétexte pour l'inviter à déjeuner le lendemain.

Il est nul, mon scénario, plat comme un trottoir ? Bon, ben, j'arrête là. D'ailleurs vous n'aurez pas perdu grand-chose, ils n'en sont toujours qu'au tout début de leur histoire, ces deux-là. Au moment privilégié — faut le savourer, le prolonger, il ne reviendra jamais — où on se découvre, où on se raconte, où on se boit des yeux, où on s'effleure, où on se trouble, confus, émus, émerveillés... Ils bullent, quoi ! Ils n'ont plus sommeil, ils n'ont plus faim. Ce qui ne les empêche pas de se retrouver pratiquement tous les jours à touche genoux autour d'un petit guéridon dans un bistro du quartier à l'heure du déjeuner. Une salade ou un croque qu'ils picorent d'une fourchette distraite. Surtout la Tchatche.

Il lui réussit, dites donc, le régime du Dr Maxime. Elle a fondu. Et le matin devant sa glace, de se voir flotter dans ses jeans, affinée, comme rétrécie, déjà qu'elle jubile, excitée, impatiente, encore quatre heures et demie à tirer avant leur rendez-vous, elle ne se sent plus péter.

Et lui, à quoi il ressemble ? À un demi de mêlée. Très beau gosse, très baraqué. Très sportif : jogging, muscule, piscine. Très calme. Un peu lent. Avec un tempérament aussi exigeant que celui de Tchatcha, mais ça, elle l'ignore, ils n'ont pas couché ensemble. Pas encore. Cette découverte l'un de l'autre, ils l'ont retardée à plaisir. Sauf que là, depuis bientôt six semaines qu'elle dure, leur danse nuptiale, ils n'en peuvent plus.

À Maxime de choisir — après tout, c'est son métier — la petite auberge ou le relais château où passer « un week-end en amoureux ». Ça va faire bientôt quinze jours qu'il se tâte, qu'il hésite. Montfort-l'Amaury ? Venise ? Honfleur ? Amsterdam ? Saulieu ? Il pourrait peut-être lui demander ce qu'elle préfère, non ? Non, ça, pas question. Il veut lui en faire la surprise. Oui, ben, à ce train-là, elle n'est pas près de tomber les bras en croix de stupeur émerveillée en se retrouvant sur un quai de gare direction Ostende !

Et puis un soir au Procope où je les ai envoyés dîner, elle lui a parlé de Varangeville comme d'un lointain, d'un délicieux souvenir d'enfance. Huit jours au bord de la mer seule avec son père.

Va pour Varangeville, alors, qu'est-ce qu'il en pense, Maxime ? Il n'en pense rien encore une fois. Il est là à peser interminablement le pour ou le contre : « Oui, peut-être, en effet... Non, vaut mieux pas, la côte normande a beaucoup changé depuis et ça risque de la décevoir... Encore que... »

Moi, je l'adore, ce garçon, mais c'est fou ce qu'il peut m'énerver par moments. Au point de ne pas pouvoir m'empêcher de le houspiller : « Dis voir, mon grand, ça va durer longtemps, cette valse-hésitation ? Non, parce qu'il piétine, là, mon roman. Si encore je pouvais trancher à ta place, ça irait plus vite. Mais, ça, je n'en suis pas plus capable que toi. Au point de passer mes vacances à Paris faute d'avoir pu choisir à temps entre l'hôtel et la location... Ça n'est pas ton cas ? Toi, tu es habitué à conseiller les clients quand ce n'est pas à décider pour eux ?... Alors, qu'est-ce que tu attends ?... Que je dégage ? C'est votre jardin secret et ça ne regarde personne ? Pas même les lecteurs de ce bouquin à la con ?... Bon, bon, très bien, tu vas où tu veux, après tout, je m'en fous ! »

Pas vous ?

Ce que je ne vous ai pas dit, c'est que Maxime a une femme dans sa vie. Une femme dont il ne peut pas se passer. Sa mère. Non, non, ce n'est pas ce que vous croyez, elle n'a rien de la mamma juive, possessive, castratrice, bien qu'elle le soit, juive, Nina, une juive d'origine russe. Elle n'exige pas. Elle donne. De la chaleur, de la gaieté, de la prévenance, une prévenance volubile, expansive, genre tornade blanche, et de la tendresse en veux-tu en voilà. Ils s'adorent, ces deux-là. Quand son père est mort, Max était tout gamin, elle l'a élevé seule et ils sont restés très proches, très fusionnels.

Ronde de partout, la peau très fine, on dirait du papier de soie froissé par le temps — elle affiche sans complexes ses 73 ans —, l'œil bleu layette, le cheveu blanc coupé court et le nez chaussé de petites lunettes cerclées d'acier, toujours en chaussons et en robe-tablier, elle a un côté dame Tartine absolument irrésistible. Une dame Tartine dont Max, il est fils unique, un fils qui lui est tombé du ciel à la quarantaine, est loin d'avoir épuisé la débordante générosité. Son cœur, sa porte, aujourd'hui encore, suffit de frapper, elle vous les ouvrira à deux battants. La porte, la grille plutôt, du vieux pavillon un peu de guingois, plein de recoins, de charme et de douceur, niché rue Daguerre dans le XIVe arrondissement de Paris où, veuve de bonne heure, elle s'est enracinée. Où Maxime a grandi. Où il aime revenir, souvent même passer la nuit dans la chambre capharnaüm de son adolescence. Et où il s'est empressé, à peine rentré de son week-end lune de miel, d'amener Tchatcha et Nathan. Une Tchatche très intimidée qu'il s'efforce en vain de rassurer : « Pas de souci, elle va fondre sur vous, tu verras, et vous ramasser dans ses bras. »

— C'est nous, maman ! Où t'es ?... Elle doit être à la cuisine. Viens, chérie, c'est par là...

Elle y était, en effet, Nina, elle passe le plus clair de son temps dans cette grande pièce à vivre, une pièce à son image, ensoleillée, cosy, couleur bois, couleur miel, avec deux tapis jetés sur des tommettes vieux rose, entre une table ronde, un canapé, une cuisinière en fonte, une belle armoire à pharmacie dégotée dans une brocante, garnie de pots à épices, de vaisselle, de fleurs séchées, de paniers d'osier débordant de légumes et de fruits.

— Ah ! Vous voilà, mes enfants... Entrez donc... Max, va accrocher vos manteaux dans le vestibule... Tenez, asseyez-vous là, ma petite fille... Vous êtes encore plus jolie que ce que m'en a dit votre amoureux... Et toi, mon bébé, qu'est-ce que tu veux ? Une croûte de pain ou un gâteau sec ? Ah, ça, le pain, ils n'aiment rien tant, pas vrai ?... Chéri, sors les verres, j'ai mis une bouteille de gewurztraminer au frais... Et il y a de la vodka dans le congélateur... Je vous ai préparé des zakouski, des harengs gras, un peu de saumon... Elle sent bon, ma daube, non ? C'est une recette de ma grand-mère... Elle était cuisinière de château dans sa jeunesse... Regarde Nathan, cette boîte à joujoux, les joujoux de Max quand il avait ton âge, elle est pour toi... Ce qu'il est beau, ce gamin ! Et pas sauvage pour deux sous... Tu me la donnes, ta petite auto, tu la donnes à ta mamie Nina ? Merci, mon cœur... Alors, racontez, comment c'était Venise ?... Tiens, à propos, Mme Duguay est passée prendre le café cet après-midi, c'est une voisine, et vous ne devinerez jamais ce qui lui est arrivé, elle allait pour... Pourquoi tu ris, mon grand ? Je parle trop, c'est ça ? Je te demande pardon, Tchatcha — tu permets que je te tutoies —, il a raison, je ne t'ai pas laissée placer un mot... Dis quelque chose que j'entende le son de ta voix !... Non, attends un peu, faut que j'aille voir où en sont mes pommes de terre, j'en ai pour une seconde... Voilà, je t'écoute... Non, mais regarde-la, Max, on dirait une môme planquée au fond de la classe qu'on appelle au tableau noir... Viens là, ma chérie, viens m'embrasser, tu es trop mignonne... Mais oui, toi aussi, ma merveille de bébé... Merci, mon garçon, en me les amenant aujourd'hui, tu m'as fait le plus beau cadeau que j'aie reçu de ma vie. Avec toi, bien sûr. Encore que j'aie toujours rêvé d'avoir une fille.

Quand ils regagneront leur voiture, accompagnés par Nina, des tuperware contenant les restes du dîner — Qu'est-ce que vous voulez que je fasse de tout ça, voyons, mes enfants ? — empilés dans un grand sac plastique, Nathan endormi dans les bras de Max, Tchatcha, qui se cogne depuis l'enfance au récif-barrière sécrété par sa mère, Tchatcha émue, exaltée, aura l'impression d'être enfin entrée dans les eaux calmes, chaudes et profondes d'un amour jailli de source, allant de soi.

Elles vont s'aimer très fort, ces deux-là. Tout les rapproche. Ce trop-peu d'affection, ce manque, comblé par ce trop-plein, cette abondance. Et ce goût des câlins, cette façon spontanée, impérative de toucher l'épaule, le bras, le genou, la main de ceux avec qui on se sent bien. Et cet entrain, cette joie de vivre. Et Maxime bien sûr. Et Nathan enfin.

Et pendant ce temps-là, Fabiane :

— Une anapat ? C'est quoi, ça ? Une analyse pathologique ? Et c'est quoi ? Une biopsie ! Enfin, docteur, vous ne pensez pas sérieusement qu'il puisse s'agir d'un cancer. Le cancer, c'est quand il y a une boule et là, il n'y en a pas, j'ai vu ma gynéco avant les vacances et, bon, rien. Rien non plus à ma mammographie de contrôle. Tout va bien. Alors, si vous pouviez me donner une lotion ou une pommade, mais alors pas trop grasse, hein, j'ai pas envie de tacher mes affaires et je ne veux pas mettre de pansement, ça risquerait de se voir sous le soutien-gorge... Bon, bon, si vous y tenez tant que ça, faites-la, votre anatruc, mais ça va m'obliger à revenir pour la pommade et, bon, c'est la barbe.

Rentrée tard à la maison — elle avait poireauté pendant plus d'une heure dans la salle d'attente du Dr Bellepot —, Fabiane, qui a invité un couple d'amis à dîner, se fait cueillir à peine arrivée par un Lorenzo exaspéré. Ce sont des potes à lui et il se sent pris au piège de ce dîner donné dans la seule intention de le garder à la maison. Du coup, il se jette sur elle en aboyant :

— T'as vu un peu l'heure qu'il est ? Ils vont débarquer d'une seconde à l'autre et rien n'est prêt. Enfin, Fabiane, c'est insensé ! D'où tu sors ?

— De chez le dermato.

— Tu aurais quand même pu choisir un autre jour pour aller te faire enlever tes points noirs, merde !

— Je n'y suis pas allée pour ça. J'y suis allée pour mon sein.

— Ça pouvait pas attendre demain, non ? C'est jamais qu'un bobo, tu le sais très bien, un bouton, un truc comme ça, mais toi, avec ta phobie des taches, faut toujours que tu te précipites, que tu éponges, que tu nettoies, que tu...

— D'abord, je ne me suis pas précipitée... Faut attendre des semaines avant d'avoir un rendez-vous... Ensuite, c'est pas un bobo, figure-toi. Il pense que c'est très grave, le Dr Bellepot, même qu'il m'a fait une biopsie.

— Allons, bon, voilà que tu me fais un cancer du sein, là, maintenant ! Tu ne sais vraiment plus quoi inventer pour m'emmerder.

— T'emmerder ? Moi, qui croyais que ça te ferait plaisir ! Mais ne te réjouis pas trop vite. C'est peut-être pas ça.

— Tu le sauras quand ?

— Dans une dizaine de jours.

S'il ne l'avait pas provoquée, Fabiane ne lui en aurait peut-être pas parlé tellement elle y croyait peu à cette histoire de cancer. Mais devant tant d'indifférence agacée, blessante, elle n'a pas pu s'empêcher de faire son intéressante en insistant sur l'existence d'un risque évoqué assez longuement pendant la consultation par le toubib. Un risque qu'elle était bien décidée à occulter : on verrait bien. Pas la peine de s'en faire à l'avance. N'empêche, il pourrait quand même se montrer plus inquiet, plus concerné, le salaud. Mais non, penses-tu ! Pas un geste et plus un mot, rien. Même pas pour lui demander si elle a reçu les résultats.

Eh bien, ça y est, elle les a, ses résultats. Le Dr Bellepot l'a appelée pour les lui donner dès qu'il les a reçus. Un coup de fil sur son portable pendant qu'elle arpentait le rayon chaussures des Galeries Lafayette à la recherche d'une paire de bottes à talons hauts... On n'en fait pas, cette année, madame, elles sont toutes à talons plats. Vous pourriez peut-être essayer celles-ci, c'est ce que j'ai de plus... Allô, oui. Ah ! C'est vous, docteur ?... Oui, mais je les voudrais en rouge... Allô, excusez-moi, je parlais à quelqu'un. Comment ? Vous êtes sûr ?

Sûr et certain. Même qu'il a déjà appelé un chirurgien à Marie-Curie — Oui, un bon, un très bon, c'est un ami — pour qu'il la reçoive au plus vite. Stupéfaite, Fabiane lâche la botte qu'elle tenait à la main. Le ciel lui est tombé sur la tête... Ça ne va pas, madame, vous voulez vous asseoir ?... Non, non, ça va très bien... Enfin, docteur, je ne comprends pas, c'est si urgent que ça ? Bon, ben, je vais prendre rendez-vous alors... Merci, mademoiselle, oui, je repasserai... Merci, docteur, oui, je vous promets...

« Si vous étiez ma mère, je vous aurais dit qu'il faut tout enlever. Une mastectomie. » Si vous étiez ma mère ! Non, mais qu'est-ce qu'il croit, ce mufle, que j'ai l'âge d'être... Il ne le croit pas, idiote, il le sait. Nom, prénom, date de naissance. C'est la première chose qu'on t'a demandé quand on a établi ton dossier médical... N'empêche, c'est d'une goujaterie !... Bon, allez, écrase, Fabiane, il s'agit bien de ça ! Ta tumeur est mal placée. Sous le mamelon. Alors qu'est-ce que tu décides ? Ou on t'enlève un tiers de sein, le tiers supérieur, quitte à couper le reste un peu plus tard, si nécessaire, ou bien...

Rien qu'à la pensée de se réveiller avec un sein en moins, la poitrine plate barrée d'une énorme cicatrice cousue de longs fils noirs, elle en a la chair de poule, Fabiane... Ah, non, pas ça !... La cicatrice, tu y auras droit de toute façon, tu sais. Sans compter que tu risques de repasser sur le billard, alors, vaudrait peut-être mieux tout couper d'un coup... Non, pas question ! Elle préfère encore perdre son sein par petits bouts, ma copine. Remarquez, elle a peut-être raison, comme ça elle s'habituera à ne plus en avoir du tout !

Marrant, elle est tellement dévastée, effarée à la perspective de cette mutilation, que la peur de mourir des suites d'une très grave et très longue maladie — pour reprendre l'expression de mise autrefois dans les faire-part de décès — ne l'effleure même pas. De toute façon, plutôt crever que de ne plus pouvoir se regarder nue dans la glace... Arrête avec ça, Fabiane, tu veux ? Ils te le reconstruiront, ton sein, t'inquiète. Pas tout de suite, pas dans la foulée de ta mastectomie, ce qui se pratique couramment aux États-Unis, mais dans six mois, un an. Pourquoi attendre aussi longtemps ? Parce que, ici, les chirurgiens exigent que tu aies fait le deuil de ton propre nichon avant de t'en bricoler un autre avec les moyens du bord. Un semblant de nichon dur comme de la pierre et surmonté d'un mamelon sans pointe ou tatoué ou simulé avec un bout de peau prélevé entre tes jambes. Paraît que question couleur, c'est ce qu'il y a de plus ressemblant.

Et bon, ils ont peur que si, t'étant endormie avec ton sein d'origine, tu te réveilles avec ce pis-aller, tu sois un peu déçue. Alors qu'après des mois passés à rembourrer ton soutien-gorge avec une prothèse en mousse planquée sous ton lit pendant la nuit, tu vas jubiler rien qu'à l'idée de pouvoir la foutre à la poubelle.

Ça va là, je t'ai un peu remonté le moral, ma petite chérie ? Non, pas vraiment ? Qu'est-ce que je pourrais bien faire, alors, pour te changer les idées ? Et si je t'organisais un dîner de filles avec Inès et Patricia ? Elles sont plus jeunes que toi, mais vous étiez très liées du temps que tu étais encore mannequin et vous l'êtes restées. Inès se déhanche toujours sur les podiums, Patricia a gardé son boulot de styliste chez Ungaro et vous adorez jouer au « kibezki » dans le milieu de la mode. Tu ne veux pas ? Pourquoi ? Parce que tu serais tentée de leur parler de ton cancer ? Et alors ? C'est pas comme si tu avais le sida. Et même le sida avec la trithérapie, ça ne panique plus personne. En plus, lc cancer, là, maintenant, tout le monde l'a, alors... Bon, allez, rendez-vous demain soir à 20 h 30 au Vieux Bistro.

— Jeannot ? Mais, il ne couche plus avec Tom, voyons, il est amoureux fou de... Comment il s'appelle déjà, le rédac chef de ce nouveau magazine masculin ? Tu vois qui je veux dire, Fabiane ? Hé ho, Fabiane ? Où tu es, là ?

— Je suis dans la merde.

— C'est Lorenzo ?

— Non, c'est le cancer du sein.

— Oh là là, quelle horreur ! Je t'ai pas dit, Inès, j'ai un petit kyste sous le bras, rien de méchant, hein, mais bon, je dois le faire examiner tous les ans et là, j'ai oublié... Heureusement que tu m'y as fait penser, Fabiane, je vais prendre rendez-vous dès demain...

— Oui, mais moi, c'est tout ce qu'il y a de plus malin, ma tumeur. Va falloir m'enlever un grand bout de sein, sinon le tout, et ça me rend malade.

— Alors, là, franchement, un sein de plus ou de moins, à ton âge, quelle importance ?

— Ben, si, quand même... Remarquez, paraît qu'ils pourront me le reconstruire plus tard. En mieux. En plus petit. En plus ferme. En plus...

— D'où tu tiens ça ? La meilleure amie de ma sœur, on le lui a fait... Elle a eu droit à deux opérations... J'ai vu le résultat... Entre nous, ça ne ressemble à rien... Moche, moche ! Moi, j'aurais encore préféré une bonne prothèse et un soutien-gorge ad hoc.

— Arrête, Patricia, une prothèse, c'est l'horreur... Comment elle fera à la plage pour se mettre en maillot de bain ?

— Toi, Inès, sortie de tes bikinis, de tes monokinis plutôt... Remarque, ils sont encore ravissants, les tiens de seins, normal que tu veuilles les montrer. Non, la mer, elle oublie, Fabiane, et elle passe ses vacances à la montagne. De toute façon, à son âge, on ne tient plus tellement à s'exhiber sur les plages, pas vrai, chérie ?... Ben, où tu vas ? Tu pars ? Déjà ? Tu pourrais dire au revoir quand même ! Bon, allez, courage, ma grande !

Je suis idiote, je n'ai pas pensé à la mettre en garde, Fabiane. J'aurais dû lui conseiller de se faire interdire de visites dès son entrée à l'hôpital. Non, c'est vrai, les visites, il n'y a rien de plus redoutable. Un exemple ?

Sur le coup de 6 heures du soir, au détour d'un couloir éclairé au néon, passé au désinfectant, bordé de chariots à linge, à pansements et parcouru de lits roulants où gisent, hérissés de tuyaux et troués de perfusions, des malades, on dirait des mourants, Patricia qui sort de la chambre de Fabiane croise un Lorenzo au bord de l'évanouissement.

— Ah ! T'es là, Pat, quelle chance ! Tu l'as vue, Fabiane ? Comment elle est ? Pas trop mal en point ?

— Encore un peu, oui, forcément, elle ne sort pas d'une cure à Quiberon, mais d'après l'infirmière qui est venue faire un soin à sa voisine, l'opération s'est bien passée.

— Ah, parce qu'elle n'est pas seule ? Qu'est-ce qu'elle a, l'autre ?

— Un cancer de l'utérus, si j'ai bien compris.

— Oh là là ! Écoute, vaut peut-être mieux que je revienne demain. Si je rentre là-dedans maintenant, avec l'infirmière, ça va faire foule, ça va la fatiguer...

— Mais non, elle est déjà ressortie, l'infirmière. Vas-y, Fabiane, ça lui fera plaisir. T'es pas obligé de rester longtemps.

— Combien de temps ?

— Je ne sais pas, moi, tu verras bien.

— Je ne verrai rien du tout. Si je pars trop tôt ça risque de la vexer et si je m'attarde... Tu lui as parlé de quoi, toi ?

— Du pape ! Ben, d'elle naturellement ! Je lui ai demandé comment elle se sentait, tout ça... Enfin, Lorenzo, tu devrais savoir quoi lui dire, c'est ta femme après tout.

— Oui, mais elle est malade, elle est à l'hôpital, et moi, l'hôpital, ça me rend malade.

— Bon, allez, je vais y retourner avec toi.

— Regarde qui je t'amène, Fabiane... Alors, comment ça va depuis tout à l'heure, ma pauvre chérie ? Mieux ? Te fatigue pas à me répondre, je demandais ça comme ça... Prends le fauteuil, Lorenzo... Je lui aurais bien apporté des fleurs, mais c'est interdit. Alors, je lui ai pris des chocolats... T'en veux un mon grand ? Attends, je me sers en passant. Je ne t'en propose pas, Fabiane, c'est peut-être pas très indiqué dans ton état... Tiens, justement, voilà ton dîner... Qu'est-ce qu'ils t'ont servi de bon ? Tu as du potage, du bœuf en sauce, des tomates farcies au riz... Ça ne te dit rien ?

Tu es sûre ? Tu ne vas pas laisser tout ça quand même ! Moi, je te prendrais bien un petit morceau de viande... Mon déjeuner est encore passé à l'as et j'ai une de ces faims !... Immangeable ! On ne t'entend pas beaucoup, Lorenzo... T'as vu un peu la tête qu'il a, Fabiane ? Il doit couver quelque chose... Vaut mieux qu'on s'en aille, tu ne crois pas ? Manquerait plus qu'il te file un de ses microbes. Allez, tchao, ma puce, à bientôt.

Autre exemple :

Cette fois-ci, ils se sont donné rendez-vous dans la chambre de Fabiane : Tu y vas quand et avec qui ? Jean-Mi ? Bon, je viens aussi, je ne l'ai pas vu depuis une éternité. Et j'amène Inès, elle n'ose pas y aller seule.

— Ça va, Fabiane ? Ils t'ont tout enlevé, ce coup-là ?... Au moins, comme ça, tu es tranquille !... T'as très bonne mine, tu sais. On dirait même que tu as grossi. Pourtant, avec ce qu'on vous donne à bouffer ! Franchement, c'est infect. Alors, Jean-Mi, qu'est-ce que tu racontes ?

Il va raconter tout un tas de trucs, des nouvelles des uns et des autres, des potins, des ragots qui auraient amusé Fabiane s'ils ne s'étaient pas perdus dans le brouhaha d'une conversation de salon. Elle s'efforce d'en suivre le fil et quand elle arrive enfin à en attraper un bout — Il est mal, là, Pierre Bergé forcément —, c'est d'autant plus frustrant qu'elle ne sait pas, qu'elle ne sait plus pourquoi il serait mal, Pierre Bergé. Et qu'elle est trop déprimée pour leur demander ce que recouvre ce « forcément ».

Remarquez, dans ces cas-là, comme il n'y a rien à boire, ils ne restent jamais bien longtemps. À peine refermée la porte de la chambre : Qu'est-ce que tu fais maintenant, tu rentres ? T'as pas le temps de prendre un verre ?

Ou encore :

Fabiane est toute contente. Lorenzo est passé la voir, seul comme un grand. Il n'est pas là depuis dix minutes qu'entre une blouse blanche. Elle s'approche en s'excusant : Surtout ne vous dérangez pas, j'en ai pour trois secondes. Il se dresse d'un bond : Bon, ben, je vais te laisser, Fabiane, si tu as besoin de quoi que ce soit, tu m'appelles, hein !

Et pour couronner le tout :

La visite, elle passe une fois par semaine, de la psychologue de service. Une toute jeune femme, jolie comme un cœur, rien que de la regarder, ça vous fout le moral en l'air, une bac plus deux, qui se plante au pied de votre lit et y va distraitement — visiblement elle pense à autre chose — de son questionnaire, toujours le même.

— Pourquoi avez-vous développé la maladie ?

— Comme ça, pour m'occuper, j'avais rien d'autre à faire !

— D'où vient cette impression de mutilation ?

— Peut-être du fait que je le suis, mutilée, amputée d'un sein... En voilà une question !

— Qu'est-ce qui vous a poussée à faire une mammographie ?

— Une étrange prémonition ! Mais non, voyons, je plaisante, le calendrier. J'en fais une tous les deux ans et, de toute façon, la dernière n'avait rien montré.

— Comment pensez-vous pouvoir dissiper vos idées noires ?

— Ça, je voudrais bien le savoir ! C'est à vous de me le dire, non ?

Non. La psychologue de service n'a le droit de s'exprimer que sur le mode interrogatif.

Je vous entends d'ici : Tu ne crois pas que tu pousses, là ? Ils ne sont pas tous comme ça les gens qui viennent vous voir à l'hôpital. Ils sont émus, gentils, dévoués, aimants. C'est un mari qui se languit tellement, seul chez lui sans sa femme, qu'il vient tous les soirs avec sa gamelle pour dîner au pied de son lit. C'est une famille de quatre enfants déjà grands, très unis, qui se relaient pour conduire leur mère — elle ne quitte pas le chevet de son mari — le matin à Cochin et la ramener chez elle le soir. C'est une fille qui passe trois fois par jour, les bras chargés de petits plats faits maison, dans l'espoir de réveiller l'appétit de son vieux papa pris de nausées à la seule vue des plateaux distribués aux malades ; à commencer par celui du petit déjeuner, un morceau de pain dur comme de la pierre, à peine sorti du congélateur, dix grammes de beurre et une tasse de thé tiède. C'est un bon vivant amoureux fou qui se précipite pour retrouver sa belle en fin de journée avec une bouteille de whisky (pour lui) et une quart champagne (pour elle) planquées dans son attaché-case.

Et c'est Tchatcha alertée par Lorenzo, elle n'était au courant de rien, qui débarque à l'improviste dans la chambre de sa mère et la trouve assise sur son lit, cheveux dénoués, le front sur ses genoux haut relevés, secouée de petits sanglots rauques.

— Fabiane, ne pleure pas, je t'en supplie, tout ira bien, tu verras... Pourquoi tu ne m'as pas dit que tu allais te faire opérer ?

Surprise, horriblement gênée — il ne lui manquait plus que ça ! — Fabiane se redresse, attrape un kleenex, se mouche et regardant droit devant elle, sans se tourner vers sa fille :

— Je ne voyais pas en quoi ça pouvait te concerner.

— Comment ça ?

— Oh ! Écoute, Tchatcha, ne m'oblige pas à revenir sur tout ça. Je n'en ai vraiment pas le courage là, en ce moment.

— Tout ça, quoi ?

— Comme si tu ne le savais pas !

— Mais je ne sais rien, je te jure. Explique-moi... Qu'est-ce que je t'ai fait ?

Fabiane a fini par le lui dire. Par lui reprocher de la détester au point de détruire sa vie en poussant Chloé dans les bras de Lorenzo. L'autre a protesté, sidérée, indignée :

— Qu'est-ce que tu racontes ? C'est tout le contraire, j'ai essayé de la retenir, de la raisonner... Je l'ai engueulée... Je lui ai battu froid... Comment tu peux penser une chose pareille ?

— Je ne le pense pas, je le sais, figure-toi.

Là, elle a enfin compris, cette gourde. Et elle en est restée tout interdite. Ça, pour un coup bas ! Il ne recule décidément devant rien, ce salaud de Lorenzo, ce chien ! Persuader Fabiane que s'il l'a trompée, c'est de sa faute à elle, à Tchatcha. Lui laisser entendre qu'il ne l'aime plus et que sa fille ne l'a jamais aimée. La laisser seule, abandonnée de tous dans un désert affectif, mais c'était la condamner au cancer, la condamner à mort, qui sait ? Là, tu exagères, la Tchatche ! Elles restent à prouver, les causes psychologiques de cette saloperie de maladie trop répandue, hélas, pour ne pas relever d'autres facteurs.

Oui, bon, peut-être. Reste que la voilà prise au piège tendu par ce sale con, Tchatcha. Elle ne peut se justifier aux yeux de Fabiane qu'en le lui montrant sous son vrai jour, et ça, vu les circonstances, elle ne le veut pas. Ce serait d'une cruauté ! Alors, ne sachant que faire, brusquement submergée par un terrible sentiment de culpabilité — oui, elle est coupable, coupable de n'avoir pas deviné ce qui s'était passé, coupable d'avoir abandonné Fabiane pour adopter Nina —, au comble du désarroi, elle s'est accoudée sur le lit de sa mère, la tête enfouie dans ses mains et elle s'est mise à pleurer comme un bébé en balbutiant :

— C'est pas vrai, Fabiane, je te jure, c'est pas vrai ! Jamais j'aurais pu... Je t'aime, je...

Et Fabiane qui ne sait trop à quoi s'en tenir, Fabiane dont les défenses se sont effondrées,

Fabiane va se laisser toucher par ce gros chagrin d'enfant :

— Là, là, ma petite fille, ne te mets pas dans des états pareils, ça n'en vaut pas la peine.

Rentrée chez elle, très déprimée après cette amputation, incapable de se regarder dans la glace sans un frisson horrifié, Fabiane retourne à l'hôpital pour qu'on lui retire les gros fils noirs qui lui barrent la poitrine. C'est là qu'elle apprendra, après douze jours d'une attente angoissée, solitaire — Lorenzo est parti préparer la collection automne-hiver à Milan —, les résultats de sa dernière biopsie. Pas fameux. On lui prescrit vingt séances de radiothérapie, une par jour pendant cinq semaines, moins les week-ends : « Ça risque de vous fatiguer, alors essayez de vous retaper un peu d'ici là et, le moment venu, prenez vos dispositions. »

Il fait beau, il fait soleil et, à la sortie, au lieu de commander un taxi, Fabiane décide d'aller en prendre un à la station. Elle marche, tête baissée, complètement sonnée : Mes dispositions ! Quelles dispositions ? Côté boutique, pas de souci, mon associée veillera au grain. Et côté famille...

Là, j'ai cru devoir intervenir. Pas pour lui remonter le moral, pas du tout. Pour l'enfoncer au contraire et l'obliger à toucher le fond. Elle ne s'en tirera pas autrement :

— Côté famille, faut te rendre à l'évidence, ma puce, tu n'as pas, tu n'as plus de famille, personne pour te soutenir, te consoler. Ton mec joue les courants d'air, tu t'es coupée de ta fille, son gamin, c'est à peine si tu le reconnaîtrais dans la rue... Et tu vas te retrouver complètement seule, avec ton aspirateur et ta serpillière, à tournicoter dans un appart tiré au cordeau, froid, impersonnel... On dirait la salle d'attente d'un dentiste des beaux quartiers.

— Non, mais je rêve ! Cet appart, c'est vous qui m'y avez installée.

— Peut-être, mais, maintenant, je veux que tu en sortes. Que tu t'en sortes. Alors, tu vas me faire le plaisir de donner un bon coup de talon, là, sur le trottoir... C'est le seul moyen de ne pas sombrer, de remonter la pente et de te tirer de ce merdier... Allez, vas-y, j'y tiens !

Interloquée, Fabiane s'est exécutée avec un pauvre petit sourire dubitatif : Je ne vois pas ce que ça change... Elle a fait encore quelques pas... — Et si j'allais chez Dany pour qu'elle me fasse un soin ? Ça me fera du bien, non, c'est vrai, je ne ressemble plus à rien. — Excellente idée ! — Oui, mais bon, et ensuite ? — Ensuite, tu vas t'inviter à dîner chez Tchatcha en proposant d'apporter le vin et le dessert. — Ah ça, non, après ce qu'elle m'a fait ! — Enfin, chérie, réfléchis ! C'est sa parole contre celle de ce mec. Il te trompe, il te ment sans arrêt et c'est lui que tu croirais, pas elle ? Ça ne lui ressemble pas à la Tchatche, tu le sais bien. Les coups bas, les coups en traître, c'est pas son genre. Elle est beaucoup trop nature, trop entière, trop attachée à toi pour... — Vous croyez vraiment ? — Bien sûr. Et toi aussi, inconsciemment. — Oui, peut-être, après tout. — Bon, alors, appelle-la. Elle n'attend que ça, se réconcilier avec toi. Et te présenter Maxime. — Qui donc ? — Tu vois, ta fille a rencontré l'homme de sa vie et tu n'es même pas au courant. — Ah, bon ! Il est comment ? — Tu le verras bien.

— Allô, Tchatcha ? C'est moi, c'est Fabiane, je voulais te remercier pour le dîner d'hier... Maxime est charmant...

— Oui, tu trouves ?

— Absolument. Il est beau comme tout et il a l'air de tenir beaucoup à toi. Ce qui m'a un peu étonnée en revanche, c'est sa mère. En la voyant sortir de la cuisine en tablier avec Nathan, c'est fou ce qu'il a grandi, ce petit, et vous dire que c'était prêt, qu'il n'y avait plus qu'à servir, je l'ai prise pour la femme de ménage.

— Ah bon ! Pourtant...

— Remarque, elle a l'air bien brave. Tu aurais peut-être dû insister davantage pour qu'elle reste à dîner.

— Non, c'était convenu comme ça. Elle m'a proposé de venir me dépanner, parce que moi, la cuisine, tu sais... Mais elle tenait absolument à nous laisser seules. Enfin, avec Maxime...

— C'est gentil de sa part.

— Oui, elle est adorable. Et tu lui as tapé dans l'œil. Elle t'a trouvée très belle, très émouvante.

— Comment tu le sais ?

— Ben, parce que je lui ai téléphoné après que tu es partie pour lui dire comment ça s'était passé.

— Avec Maxime ?

— Avec Maxime et avec moi.

— Ah, parce qu'elle est au courant de nos... De nos difficultés ?

— Pas vraiment, ça remonte à si longtemps, mais bon, elle sait qu'on était un peu brouillées.

— Tu ne lui as pas dit pourquoi au moins ?

— Bien sûr que non ! Écoute, on n'a pas pu en parler hier soir devant Maxime, mais je l'ai très mal vécu, ce malentendu, tu sais.

— Pas tant que ça, voyons, Tchatcha ! Ça ne t'a pas empêchée de tomber amoureuse et de refaire ta vie. Alors que moi, ça m'a rendue malade littéralement.

— Malade à cause de moi ?

— Non, à cause de ta copine... Dis voir, je ne devrais pas te demander ça, mais elle est comment, cette pétasse ?

— Chloé ? Exactement comme toi. Un corps, des jambes, un chignon, un profil de ballerine. En moins jolie. En moins élégante. En moins racée.

— Et en plus jeune.

— Ben, oui, forcément. Quand ils sont fidèles à une marque, les mecs se contentent d'échanger leur vieux modèle contre un plus récent, tu le sais bien.

— Ah ! Parce que d'après toi, ça y est ? Ils ont l'intention de vivre ensemble ?

— Ça m'étonnerait, surtout là, en ce moment, avec ce qui t'arrive. Mais je ne suis pas dans la confidence, tu sais. On ne se parle plus, elle et moi.

— Lui et moi non plus. Enfin, très peu. Le strict minimum.

— Là, tu m'étonnes. Quand il m'a prévenue pour ton sein, il avait l'air très affecté, très...

— Très emmerdé, oui, sûrement. Ça ne pouvait pas plus mal tomber pour lui. J'ai bien vu à l'hôpital, et puis là, depuis son retour de Milan, il s'oblige à rentrer le soir, à me demander comment je me sens, tout ça. Mais ça lui pèse... Il m'en veut de le séparer de sa pouf, je le vois bien.

— Tu ne crois pas que tu dramatises un peu, là, Fabiane ? Non, c'est vrai, quand on est fatigué, déprimé, on a tendance à voir tout en noir. Faudrait que tu arrives à prendre un peu de recul. Tu la commences quand ta radiothérapie ? Pas avant début mars, non ? Alors, tu sais ce que tu devrais faire ? Venir aux sports d'hiver avec Nina et moi, pendant les vacances de février. Max nous a trouvé une petite station géniale en Savoie.

— Et vous partez seules toutes les deux ?

— Avec Nathan, bien sûr.

— Vous êtes devenues très amies alors, très intimes ?

— Très. C'est une femme formidable, chaleureuse, un vrai soleil.

— Oui, mais, bon, ça n'est pas ma tasse de thé.

— Qui ça, Nina ?

— Oui... Enfin non, le ski, la neige... Je ne crois pas que ce soit tellement indiqué pour moi en ce moment.

— Pas question de skier, voyons, Fabiane ! Si, moi, je ferai peut-être un peu de fond. Le reste du temps, on se baladera, paraît qu'il y a plein de chemins piétonniers... On déjeunera sur une terrasse en bas des pistes... Le soir au chalet, on prendra un verre devant un bon feu de bois. Ça te fera un bien fou, tu verras.

— Oui, mais je me sentirais en trop entre vous deux. Une pièce rapportée.

— Pas du tout. D'ailleurs, c'est une idée à elle, à Nina, je te signale. Elle m'en a parlé hier soir au téléphone. Elle m'a dit : Je lui trouve bien petite mine, la pauvre... Ce qu'il lui faudrait c'est huit jours de détente, de repos complet. Si tu lui proposais de partir avec nous ?

— C'est bien ce que je disais, ça ne t'aurait pas effleurée si elle ne te l'avait pas suggéré. Tu la remercieras, mais je préfère pas.

— Tu vois comme tu es, Fabiane, sous tes airs hyper sophistiqués, un chat sauvage endurci, méfiant. Dommage ! Ça m'aurait fait vraiment plaisir. C'était l'occasion de se rapprocher enfin, de te familiariser avec Nathan, de...

— Oh, moi, tu sais, les enfants...

— Oui, je sais. Bon, allez, à un de ces quatre !

Enfin, Fabiane, pourquoi tu as refusé de partir en vacances avec la Tchatche ? Et sur quel ton ! Tu as été odieuse. Elle se met en quatre, elle te reçoit comme une reine, elle te propose d'aller passer huit jours à la neige avec elle et tout ce que tu trouves à répondre c'est : Avec ton chiard et ta boniche de belle-mère, merci bien !... J'ai pas dit ça comme ça... Non, mais tu l'as laissé entendre. Haut et fort. Je ne comprends pas. Tu t'étais pourtant promis d'arrêter de pleurer sur ton sort et de te battre pied à pied contre la maladie en te fermant aux idées noires, aux idées de mort et en t'ouvrant à la vie, aux gens, à commencer par ta fille. Et à la première occasion, tu lui claques la porte au nez pour courir t'enfermer vite, vite, des fois que tu te laisserais attendrir, dans la forteresse en carton-pâte de ton orgueil mal placé, de ton snobisme et de tes préjugés.

Qu'est-ce que tu marmonnes, là, Fabiane ? C'est pas de l'orgueil, c'est de la jalousie ? Jalouse de quoi ? Jalouse de qui ? De Nina ? De ses rapports avec Tchatcha ? À d'autres ! Jalouse de la passion de ton pauvre Georges de mari pour sa fille quand elle était petite, jalouse de la jeune femme qui t'a piqué ton mec, ça, oui, je comprends. Mais jalouse d'une vieille dame qui a ouvert son cœur à une enfant dont tu n'as jamais voulu, ça non, je n'en crois pas un mot. Et pourtant si ? Tu as eu l'impression d'arriver trop tard, de trouver la place prise et tu t'es sentie exclue ? D'abord, ça n'est pas vrai. Elle est énorme, la place que tu occupes dans la vie de Tchatcha, colossale. C'est une place en creux, un gouffre d'amour frustré, d'espoir déçu, de manque affectif et de révolte impuissante, condamnée d'avance. Alors, si tu veux, je ne dis pas effacer le passé, c'est impossible, mais l'enjamber et repartir du bon pied, le seul moyen c'est de l'accepter enfin, Tchatcha. Telle qu'elle est, telle que tu l'as rendue, Tchatcha et tout ce qui va avec, à commencer par Nina.

— Pourquoi tu fais la tête, Chloé ? Parce que je dois rentrer dîner chez moi ? Enfin, je ne comprends pas, tu le savais, alors, qu'est-ce qui se passe ?

— Il se passe que j'en ai marre, tu entends, Lolo, ras le bol de ces 5 à 7 de merde. Marre de bouffer toute seule devant la télé pendant que tu...

— Attends, on a déjà passé deux soirées ensemble cette semaine.

— Ah ! Parce que tu trouves que c'est beaucoup ?

— Oui, encore assez, vu les circonstances.

— Quelles circonstances ?

— Enfin, tu sais bien !

— Non, je ne sais pas, je ne sais plus. Les circonstances, toujours mauvaises naturellement, depuis qu'on se connaît, elles changent tous les quinze jours avec toi. Au début, à t'en croire, c'était des scènes à n'en plus finir, Fabiane te sautait à la gorge en hurlant ou se roulait à tes pieds en sanglotant, ou te menaçait de se jeter par la fenêtre et, bon, tu n'osais bouger ni pied ni patte.

Après, elle nous a fait un cancer, il a fallu l'amputer. Maintenant, c'est une radiothérapie. Avec un peu de chance, je vais avoir droit ensuite à une chimio, à des vomissements, à une perruque, à...

— TU vas avoir droit, non, mais je rêve !

— Oui, moi, parfaitement ! Ta femme, je vais te dire, on n'en verra jamais le bout.

— Pourquoi, t'as peur qu'elle en réchappe ? Tu te rends compte de ce que tu dis ? C'est monstrueux !

— C'est ça, je suis un monstre. Et toi un petit saint. Bon, ça suffit comme ça, casse-toi.

— On n'est pas plus aimable ! Et moi qui voulais t'annoncer une bonne nouvelle.

— Une bonne nouvelle ? Ça m'étonnerait.

— Très bonne, oui. Je serai libre à partir du 20 février.

— Comment ça ?

— Elle va partir aux sports d'hiver avec Tchatcha.

— Je croyais qu'elle ne voulait pas y aller.

— Non, mais elle s'est ravisée.

— Et alors, qu'est-ce que ça change ? Dès qu'elle sera rentrée tout va recommencer.

— Qu'est-ce que tu veux que j'y fasse ?

— Ça, c'est ton problème, Lolo.

— Arrête de m'appeler Lolo, tu veux ? Je ne supporte pas.

— Ben quoi, c'est plutôt mimi, non ? Moi, ce que je ne supporte pas, c'est de jouer les back street, si tu veux savoir ? Ça n'est pas de mon âge et ça n'est plus d'époque. Alors, tu choisis.

— Là, en ce moment ? Enfin, Chloé, ce serait dégueulasse. Écoute, sois raisonnable. Tout ce que je te demande, c'est de patienter encore un peu. Ça va s'arranger, tu verras. En attendant, on va profiter de ces dix jours pour rattraper le temps perdu, pour s'envoyer en l'air, pour... Allez, viens là, Chloé, viens me donner un petit acompte, mon chéri... Allez, quoi... Bon, t'as gagné, je vais essayer de me libérer demain soir et j'apporte de quoi dîner.

— Sûrement pas ! On va dîner dehors ! J'ai envie de sortir de mon trou.

— Et moi d'y rentrer. Embrasse-moi... Mieux que ça...

— T'as vu l'heure ? Faut que tu y ailles. Tu veux que je te dépose ? J'ai rendez-vous à Saint-Germain-des-Prés avec un copain.

— Quel copain ? Je croyais que tu devais te faire un plateau-télé.

— Tu voudrais bien, hein ! Eh bien, non, il n'y a pas de raison. Chaque fois que tu seras pris, moi aussi. Je t'aurai prévenu, Lolo, les back street, fini, ça, terminé ! Allez, grouille, je vais être en retard.

— Alors, là, ma fille, ça me ferait mal. Pas question que tu fasses attendre ton petit camarade. Allez, file, je prendrai un taxi. Et pour demain, tu oublies, OK ? J'ai horreur qu'on me fasse chanter.

J'imagine votre stupeur : Alors, elle y va finalement aux sports d'hiver, Fabiane ? Elle y est, là ? Ça, par exemple ! Comment ça a pu s'arranger avec Tchatcha ? Elle l'a rappelée — « Paraît que je t'ai mal parlé. Tu m'excuseras. On part quand ? » — c'est ça ? Non, quand même ! Du reste, elle n'a pas songé un seul instant à rattraper le coup. Elle s'est enfermée, au contraire, dans un silence plein de gros griefs et de vagues regrets : Bon, d'accord, j'ai été désagréable, mais elle pourrait comprendre ! J'en ai rien à cirer, moi, de la pitié de cette dame : « Elle a mauvaise mine, la pauvre, on devrait peut-être lui offrir un petit bol d'air sur les cimes. » Non, mais qu'est-ce qu'elle croit ? Elle est idiote, ma réaction, c'est de la fierté mal placée ? Eh bien, tant pis ! Je ne vais pas me rouler aux pieds de Tchatcha dans l'espoir de me faire pardonner ! De toute façon, je m'en fous. Au point où j'en suis, je préfère encore crever seule dans mon trou.

Et voilà que deux jours plus tard, elle trouve un message sur son répondeur. Un message de la dame qui l'invite à déjeuner le dimanche suivant avec les enfants. « C'est la tradition dans notre famille et comme maintenant vous en faites partie... » Fabiane va accepter, vous pensez bien, ravie, soulagée : ça prouve que la Tchatche ne lui en veut pas et que ce n'était vraiment pas la peine de se mettre dans un état pareil, non ? Non, tu as tout faux, là, Fabiane, ce n'est pas ce que tu crois. Ton coup de fil, elle l'a très mal pris, ta fille. Mal au point de s'en ouvrir à Nina. De la laisser pénétrer, pour la première fois, dans le jardin secret de ses rapports avec toi, un jardin plein de broussailles et d'épines où elle se blesse, où elle s'égratigne depuis l'enfance.

Et Nina, effarée par tant de gâchis, de souffrances inutiles, s'est défendue d'envenimer les choses en prenant le parti de Tchatcha contre toi. Elle a senti d'instinct que tu en étais à un moment, un sale moment de ta vie, où tu pourrais baisser enfin ta garde et te laisser toucher et te laisser aller à plus de confiance, et même, qui sait, de tendresse partagée. Mais, pour ça, il fallait commencer par t'apprivoiser en te donnant l'occasion de revenir sur ta décision. D'où ce déjeuner.

Il s'est très bien passé. D'autant mieux qu'elle a convaincu Maxime et Tchatcha d'aller à la première séance d'un film qu'ils avaient très envie de voir. Ils repasseraient prendre Nathan en fin d'après-midi. Quand ils sont revenus, tu y étais encore, souriante, détendue, séduite, à ton tour, par cette fine mouche de Nina. Séduite au point que quand elle s'est excusée de t'avoir tutoyée par mégarde, emportée comme toujours par un élan de sympathie, tu as pris, sans hésiter, cette main tendue :

— Si tu veux qu'on se dise « tu », Ninette — tu permets que je t'appelle Ninette ? Ça m'est venu comme ça ! —, moi, je ne demande pas mieux.

Deux ou trois jours plus tard, Ninette invitait Fabiane à venir avec elle dans un magasin de sports : J'ai besoin d'un fuseau et d'une paire d'après-skis. Et de tes conseils. Parce que, moi, question fringues... Et là encore, elles ont parlé de tout et de rien. Sauf qu'à un moment, elles marchaient dans la rue, Nina y est allée de sa mise au point. Elle a pris le bras de Fabiane, l'a serré contre elle et :

— Tu sais que je l'aime, ta fille. Pareil que si c'était la mienne. C'est un drôle de mélange. Elle est pleine de craintes, de doutes balayés par une formidable vitalité et un solide appétit de bonheur. J'ai l'impression qu'ils se conviennent parfaitement, elle et Maxime. Rien que de les voir ensemble, moi, ça me réchauffe le cœur. Et alors, ce bébé, quelle merveille !

— Nathan ? Oui, mais elle le gâte trop, Tchatcha. Elle lui laisse tout passer.

— Ils font tous ça, les jeunes d'aujourd'hui. Heureusement qu'on est là, toi et moi, pour le rappeler à l'ordre, ce petit chenapan !

Résultat, quand elle s'est retrouvée seule le soir dans une des trois chambres, dont un réduit pour Nathan, du petit chalet loué par Maxime — Nina et la Tchatche se sont installées à grand bruit joyeux dans celle à deux lits —, Fabiane qui a pourtant horreur de la promiscuité s'est sentie un peu isolée, un peu exclue encore un coup. Et quand elle a débarqué le lendemain matin dans la pagaïe ensoleillée de la cuisine-nursery où les deux autres prenaient leur petit déjeuner, Nathan sur les genoux, elle n'a pas su s'empêcher de leur demander sur un ton un peu crispé si elles avaient bien dormi tout en commençant à nettoyer, avec une pointe de réprobation, la toile cirée jonchée de miettes, de taches de confiture et de Lego, avant de prendre place à table.

— Oui, comme un loir. Laisse, Fab, je m'en occupe ! Tiens, prends le petit, Tchatcha, et ramasse son bas de pyjama. Je vais refaire du café. C'est joli, ce déshabillé, ma belle, ça te va très bien. Tu as vu comme il fait beau ?... Qu'est-ce que tu prends, du pain ou des Krisproll ? Rien que du café ? C'est pas comme ça que tu vas te remplumer, ma pauvre chérie ! Je t'en sers encore une tasse, Tchatcha ?... On n'est pas bien là ? Moi, c'est le moment de la journée que je préfère. J'adore paresser dans ma cuisine devant un grand bol de café au lait en écoutant la radio le matin.

Et Fabiane s'est dégelée, gagnée par la chaleur, la torpeur ambiante. Elle est restée assise là, sans éprouver le besoin de s'agiter entre la table et l'évier, souriante, détendue, au point même d'émietter distraitement un morceau de pain sur la toile cirée.

Alors la Tchatche en rigolant :

— T'as pas bientôt fini de faire des cochonneries, espèce de souillon ?

— Prends donc un peu de pâtes, Tchatcha, tu ne manges rien.

— Ne la force pas, voyons, Fab. Moi, j'y ai renoncé depuis longtemps. Elle a un petit appétit, notre fille, voilà tout.

— Tchatcha ! Elle boufferait la terre entière si elle se laissait aller. Moi, je l'ai toujours vue au régime.

— Allons donc ! C'est vrai, ça, la Tchatche ?

— C'était vrai, oui, mais ça ne l'est plus. Depuis que j'ai rencontré Maxime, je n'éprouve plus le besoin de me goinfrer pour compenser.

— N'empêche, tu es trop maigre, là, maintenant, ça ne te va pas.

— Attends, Fabiane, elle n'est pas maigre, elle est mince, elle est ravissante, au contraire. Une petite beauté. Marrant, je croyais qu'il n'y avait que les mères juives pour faire une fixette sur la nourriture : Mange ! Mange ! Moi, c'est pas mon cas. Pourtant, je pourrais donner l'exemple. La bouffe, j'aime rien tant. Alors que toi, tu te contentes de picorer. Je veux bien que ce soit la maladie, mais...

— Penses-tu, Nina ! Elle a toujours été comme ça, Fabiane, limite anorexique, shootée à l'aiguille de son pèse-personne...

— Tu vas me lâcher, oui, Tchatcha ?

— Désolée, mais c'est toi qui as commencé.

— Tiens, regarde, Ninette, cette parka, là, dans la devanture. C'est exactement ce qu'il te faut. Tu ne veux pas entrer l'essayer ?

— Non, pourquoi ? Il n'est pas assez bien, mon vieux manteau ? Je te fais honte, Fab, c'est ça ? Remarque, je comprendrais. Tu es tellement fine, tellement élégante, tu as l'air de sortir d'un magazine « Spécial sports d'hiver ».

— Mais non, j'ai pas honte, idiote, tu me mets en valeur, au contraire. La belle et la bête. Je taquine... Tu te vas bien, si tu vois ce que je veux dire, très bien même. Surtout, reste comme tu es... Si on allait chez le traiteur ? J'ai envie de faire la fête ce soir. Saumon, foie gras, toasts, champagne... Le grand jeu.

— Excellente idée. Prends le bébé que je range sa poussette... Pas comme ça, voyons, c'est pas un paquet. Ah là là, c'est pas l'instinct maternel qui t'étouffe, toi, dis donc !

— Quelle importance ? Tu en as pour deux.

— On a une de ces chances avec le temps ! Fab, tu te dépêches ? À quelle heure on a rendez-vous avec Tchatcha pour déjeuner ? À 1 heure, non ? Si on veut faire un tour avant, faut partir tout de suite. Viens là, mon bébé, que je te mette ton pilote et tes bottes. Il a une de ces mines ! Un vrai petit abricot. Sa maman, pareil. Elle s'éclate ici, ta fille ! Fab, tu viens surveiller le petit le temps que j'aille chercher mon manteau et mon bonnet ?

Fabiane jette un dernier coup d'œil dans sa glace de poche... Elle a oublié de se passer du gel anti-soleil sur les lèvres... Où est passé son stick ?... Et se précipite... Trop tard... Laissé seul dans l'entrée, Nathan a tiré sur la porte entrebâillée, il est sorti de son pas mal assuré sur le perron et il a dévalé le petit escalier en pierre dans un hurlement de douleur terrifié. Arrivée au galop, Nina l'a ramassé, il a la tête en sang — là, là, mon chéri, ne pleure pas, là, là — et elle a couru à la pharmacie, Fabiane sur les talons. C'est moins grave qu'il n'y paraît : « Le nez, la main, c'est rien, c'est des bobos, mais il s'est ouvert l'arcade sourcilière, c'est pour ça que ça saigne autant, et bon, faut l'emmener chez le médecin pour qu'il lui fasse des points de suture : « Dépêchez-vous, ça n'est plus l'heure de sa consultation. Et d'ici qu'il soit parti faire ses visites... » Il est parti en effet et sa femme propose très gentiment de l'appeler sur son portable pour lui demander de repasser au cabinet.

Après les avoir attendues trois quarts d'heure à la terrasse du restaurant, Tchatcha, inquiète, rentre au chalet. Personne. Qu'est-ce qui a bien pu se passer ? Au fur et à mesure que le temps passe, son inquiétude vire à l'angoisse et tourne à la panique quand elle les voit arriver par la fenêtre, son gamin couvert de pansemants dans les bras. Elle se jette au-devant d'eux : Mon Dieu, mais c'est terrible ! Mon bébé, mon amour à moi... Qu'est-ce qui est arrivé ?

Nina tente de la rassurer. C'est rien, on lui a fait trois points de suture et dans huit jours il n'y paraîtra plus. Regarde, il est déjà complètement remis, il sourit. C'est un accident stupide. Je l'ai laissé assis par terre dans l'entrée, le temps d'aller chercher mon manteau, il a réussi à ouvrir la porte et il est tombé dans l'escalier.

— Écoute, Tchatcha, c'est entièrement de ma faute, Ninette m'a demandé de venir le surveiller...

— Et tu ne t'es pas dérangée, c'est ça ? Eh ben, dis-le ! Dis-le, enfin, que tu te fous éperdument de moi, de lui. On peut bien crever, t'en as rien à cirer, hein ? La seule chose au monde qui compte pour toi, c'est ta petite personne, ton petit tour de cuisse, tes petits ensembles et ton petit mec à la con. J'ai toujours essayé de me persuader du contraire, mais tu es un monstre, voilà ce que tu es !

Alors, Nina :

— Tchatcha, arrête, tu ne sais plus ce que tu dis.

Mais plus rien ne peut l'arrêter. Emportée par un irrésistible élan de colère affolée, son bébé aurait pu se tuer, Tchatcha va vider son sac. Tout y passe : la totale indifférence de sa mère pour la petite fille qu'elle était. Son mépris dégoûté devant sa boulimie, son acné d'adolescente. Et sa réprobation ouverte, vaguement perverse pour la femme qu'elle est devenue, trop désordre, trop vulgaire, trop mal élevée, mais pas assez moche, pas assez grosse, pas assez mal dans sa peau à son gré. Elle n'a jamais eu qu'une obsession, Fabiane, une seule, ressembler à une photo de mode. Eh bien, c'est réussi ! Voilà ce qu'elle est, une vieille photo sur papier glacé, incapable d'éprouver un sentiment humain. Dire qu'elle s'était laissé attendrir par son putain de sein dans l'espoir que ça la changerait, que ça l'amènerait à s'ouvrir aux autres. Tu parles !

Et Nina brusquement :

— Tu vas la boucler, oui ? Non, parce que j'y pense ! Ça n'est pas de notre faute tout ça, c'est de la tienne, ma fille. Entièrement. C'est toi qui as mal refermé la porte d'entrée en partant skier ce matin. Nous, on n'a pas bougé de la maison.

Tchatcha l'a regardée, stupéfaite, horrifiée à la pensée de ce qu'elle a fait, de ce qu'elle a dit. Elle a serré son petit contre elle d'un geste convulsif et elle a couru s'enfermer dans la chambre sans un mot.

— Elle a intérêt à se calmer, dis donc... Une vraie furie... Allez, viens, Fab, viens, ma chérie, on va aller se faire un bon café... Fab, où tu vas ? Reviens ! Fab !

— Fabiane ? Tu es là ? Ça, alors ! Mais qu'est-ce que tu fais roulée en boule sur ce canapé dans le noir, volets fermés, à 2 heures de l'après-midi ? Je te croyais aux sports d'hiver. Pourquoi t'es revenue ?

— Et toi ?

— Je suis passé prendre un carnet de croquis que j'avais oublié. Je ne pensais pas te trouver ici. Vous deviez rentrer dimanche. T'as l'air ravagée. Qu'est-ce qui est arrivé ?

— Rien. Laisse-moi. Prends-le, ton truc, et retourne d'où tu viens !

— Je viens de l'atelier, qu'est-ce que tu crois ?

— Bon, ça va, Lorenzo ! Pas la peine de me raconter des histoires, je suis rentrée avant-hier, alors... Allez, casse-toi, ça vaudra mieux.

— Pas avant que tu ne m'aies dit ce qui se passe. C'est grave ? C'est pas ton... Ton sein au moins ?

— Non, c'est ma fille. Enfin, façon de parler, j'en ai plus, j'en ai jamais eu. Elle me hait.

— Attends, Fabiane, faut pas dramatiser. Qu'est-ce qui peut te faire croire une chose pareille ?

— Elle me l'a hurlé, figure-toi, elle me l'a jeté à la gueule. Et dans des termes... Entre elle et moi, c'est fini. Et entre toi et moi...

— Quoi, entre toi et moi ? Qu'est-ce que tu vas encore chercher ? Écoute, là, je dois y aller, mais je vais essayer de revenir plus tard.

— Ah, non, surtout pas ! Je n'ai aucune envie de te voir. Je préfère rester seule. J'ai besoin de faire le point... Le point mort, voilà où j'en suis ! La mort, je la porte en moi et tout le monde s'écarte, normal.

— Arrête avec ça, tu veux ? Pas la peine d'en remettre dans le pathétique, c'est ridicule. Avec Tchatcha, ça va sûrement s'arranger, c'est pas la première fois que vous êtes brouillées. Et avec moi, il n'y a rien de changé, alors...

— Ah bon ? T'es pas rentré depuis huit jours et...

— Pour quoi faire ? T'étais pas là.

— Excuse-moi, je croyais que tu habitais ici. Bon, suffit, va la retrouver, ta copine. Et ouvre une bouteille de champagne pour fêter ça !

— Fêter quoi ?

— Sa victoire. Elle a gagné. Moi, je jette le gant, c'est marre.

— Enfin, Fabiane, tu ne vas pas renoncer à moi comme ça ! C'est très vexant, je t'assure. Faut t'accrocher, ma grande ! Un homme, ça vient, ça va et ça revient. C'est marqué dans *Biba* : Jules vous trompe, comment l'arracher à votre rivale, voir page 130. Tu veux que je te fasse un plan de bataille ? Pour commencer, tu vas me faire le plaisir d'aller te servir un bon whisky, ça te remontera le moral. Non, tu veux pas ? Alors, tu devrais te taper les sols de la cuisine et de la salle de bains. Tu dois être en manque depuis le temps ! Allez, va chercher ta serpillière et ton seau, va jouer à la femme de ménage, ma puce. Tu veux pas non plus ? Tu sais quoi, Fabiane, t'es chiante. Non, c'est vrai, je me donne un mal de chien pour t'aider à me reconquérir et au lieu de m'adresser un grand sourire reconnaissant, tu sanglotes, la tête enfouie dans un coussin et tout ce que tu trouves à me dire c'est : fous le camp ! Remarque, ça tombe bien, je suis en retard ! Je vais encore me faire engueuler de l'autre côté. Je commence à en avoir par-dessus la tête de ce cirque, moi. Tu veux que je te dise, Fab, une double vie, c'est pas une vie.

— Non, mais t'as vu l'heure, Lolo ? D'où tu viens ? On devait aller dîner au Costes, j'ai réservé une table...

— Désolé, je peux pas sortir, je dois rentrer.

— Rentrer où, je comprends pas ? Chez toi ? Tu veux dire que tu ne peux pas passer encore deux nuits avec moi ?

— Écoute, Chloé, Fabiane, ça va pas. Elle...

— Elle s'est foulé la cheville en marchant dans la neige sur ses talons aiguilles et tu vas prendre le premier train pour aller lui tenir la main, c'est ça ?

— Non elle est revenue.

— Pourquoi ?

— Tchatcha lui a fait une scène épouvantable et...

— Ah, ça, non ! Les scènes qu'elle te fait, ta bonne femme, les scènes qu'elles se font, ces deux folles, c'est pas mon problème. Ras le bol ! Et d'abord comment tu le sais ?

— Je suis repassé à la maison cet après-midi. Elle était rentrée depuis deux jours. Dans un état, je te raconte pas. Et bon, je n'ai pas envie de la laisser encore seule ce soir. Elle n'a pas mérité ça.

— Et moi, tu crois peut-être que je mérite d'être larguée chaque fois que Madame a un pet de travers ?

— Toi, c'est pas pareil. Tu peux sortir quand tu veux avec qui tu veux, trop contente, non ?

— Ça, c'est pas mal ! Je ne t'ai jamais dit que ça me faisait plaisir. Si je sors, c'est uniquement pour m'aérer un peu au lieu de moisir ici à broyer du noir quand tu es pris.

— Eh bien, je le suis, là, pris, alors tu devrais peut-être en profiter pour... Non, mais ça va pas ? Tu me tapes dessus, maintenant ?

— Oui, parfaitement. Il y a une limite à la mauvaise foi. Tiens, attrape !

— Tu vas te calmer, oui ? T'es complètement hystérique, ma pauvre fille !

— Tu sais ce qu'elle te dit, la pauvre fille, elle te dit d'aller te faire foutre ! Allez, dégage et ne remets plus jamais les pieds ici... Ben, où tu vas ?

— Faire mon sac.

— Parce que tu pars ?

— Écoute, Fabiane, s'agirait de savoir...

— Fabiane ! Tu me prends pour Fabiane, maintenant ? Retire ça tout de suite !

— Je retire et je me tire. Entre Chloé et Fabiane, je ne sais plus comment je m'appelle, moi !

Après le départ de Fabiane, le ciel s'est obscurci. Chargé de gros nuages bas, il recouvre la station d'un épais molleton gris. Il a neigé toute la nuit. Il neige encore. Il va neiger jusqu'à la fin du séjour. On n'y voit pas à deux mètres et Tchatcha, confinée au chalet, ne quitte plus la cuisine où s'active une Nina sereine, égale à elle-même, en moins loquace, en plus réservée, qui fait comme si de rien n'était. Simplement, quand Tchatcha sort faire les courses le matin, son gamin emmitouflé jusqu'aux yeux — Emmène-le, faut l'aérer un peu, ce petit ! — elle en profite pour appeler Fab et prendre de ses nouvelles :

— Ça va, ma puce ? Pas terrible ? Pourquoi ? Il n'y a aucune raison. Ça va s'arranger, crois-moi... Tu n'y tiens pas ? Remarque, je te comprends, tu es encore sous le coup de... mais avec le temps... T'en as plus tellement ? Allons, allons, dis pas de bêtises, t'en as à revendre. Attends un peu que je rentre, je vais t'en prendre, moi, du temps ! Et du bon temps, tu verras !

Et Tchatcha, comme si elle sentait qu'en son

absence les deux autres se sont parlé, Tchatcha à peine rentrée va se frotter, petite chatte en quête de câlins, contre sa belle-mère. Elle ne la quitte pas d'une semelle, mine de dire : J'ai tout foutu en l'air, je sais, mais j'ai pas pu m'en empêcher, ça a été plus fort que moi, fallait que ça sorte. Tu ne m'en veux pas trop, dis ? Et tu m'aimes encore ? Pareil qu'avant ? Plus que Fabiane ?

Déconcertée par le silence de Nina, ça ne lui ressemble pas, mal à l'aise, vaguement inquiète, elle n'ose pas revenir ouvertement sur ce qui s'est passé pour en avoir le cœur net. De peur de se voir condamner faute d'avoir plaidé coupable. Non, parce que, ce coup-ci, curieusement, loin d'éprouver du remords vis-à-vis de Fabiane — elle lui pourrit la vie —, Tchatcha redouble de rancune, au contraire, à l'idée qu'après tout ce qu'elle lui a fait, cette garce lui a piqué sa mère de remplacement.

Ça la turlupine au point qu'elle a demandé à Maxime, ils se téléphonent trois fois par jour sur leurs portables, de lui servir de « go-between ».

— Alors, qu'est-ce qu'elle a dit ?

— Qui ça ?

— Ben, Nina, tu devais l'appeler ce matin pendant que j'étais au self.

— Ah, merde, j'ai oublié !

— Tu as oublié d'appeler ta mère ? Mais, c'est monstrueux !

— Il s'agit bien de moi ! Ce que tu voulais, c'est que j'arrive à savoir si elle t'aime encore et grand comment, non ? Ça peut pas attendre ? Vous rentrez après-demain.

— Non, ça peut pas ! Elle en a après moi, je le sens bien, et ça me rend malade.

— Malade de la tête, oui ! Je veux bien que tu aies de l'affection pour maman, mais de là à te tordre dans les affres de la passion contrariée parce qu'elle ne t'a pas appelée « chérie » pendant le dîner... Quelle importance ? Encore si c'était moi, je comprendrais.

— Toi ! Toi ! Toi ! Tu ne penses qu'à toi ! Moi, tu t'en fous !

— Jamais de la vie, voyons, chérie... Tu vois, je t'appelle « chérie », moi, c'est pas comme elle ! Alors, dis-moi que tu m'aimes.

— Oui, là !

— Tu dis ça sur un de ces tons ! Je t'exaspère ou quoi ?

— Mais, non... Enfin, si... Non, c'est vrai, c'est terrible ce qui m'arrive avec ta mère. À cause de la mienne en plus. Et tout ce que tu trouves à me dire, c'est...

— C'est plutôt gentil, non ?

— T'es bien gentil, oui, mais faut pas compter sur toi pour me sortir du pétrin.

— Écoute, Tchatcha, ce pétrin, tu as sauté dedans. À pieds joints. Quel besoin tu avais de faire cette scène abominable à Fabiane devant maman ! Elle qui s'était fait une joie de vous réconcilier. Au point de se lier d'amitié avec ta mère. Tu l'as mise dans une situation pas possible.

— Elle te l'a dit ?

— Non, mais je la connais assez pour savoir ce qu'il en est.

— Ah ! Mon Dieu, c'est bien ce que pensais ! Qu'est-ce que je vais devenir ?

— Ma femme, si tu es toujours d'accord. Et la mère de nos enfants. À commencer par Nathan.

— Je ne vois pas le rapport.

— Il est pourtant gros comme une maison. C'est à nous qu'il faut penser, pas à nos mères. À l'avenir, pas au passé. C'est ridicule à ton âge, cette attitude de gamine attardée : Ma-maman-elle-est-méchante-elle-aime-pas-Tchatcha ! Quand bien même ce serait vrai, qu'est-ce que ça peut faire ?

— On voit que tu ne sais pas ce que c'est !

— Peut-être, mais j'ai perdu mon père, j'avais six ans, et tu ne m'as jamais vu pleurnicher en me plaignant d'être un pauvre orphelin.

— Moi non plus !

— Manquerait plus que ça ! Tchatcha-sa-maman-est-méchante-et-elle-a-plus-de-papa. Remarque, on n'en est pas loin. C'est pas l'envie qui te retient de faire remonter ton calvaire d'enfant martyre à la mort de ton père. Simplement, tu es tellement montée contre Fabiane que tu en oublies de me passer l'intégrale de tes souffrances passées, présentes et à venir. Essaye d'y penser la prochaine fois. Tu ne sais pas le plaisir que ça me ferait !

Tiens, j'y pense, je ne vous ai pas encore emmenés dans sa boutique, à Fabiane. C'est un joli magasin de prêt-à-porter haut de gamme, très coquet, mi-boudoir mi-dressing, moquette épaisse, énormes bouquets de fleurs séchées, miroirs à l'ancienne, qu'elle a ouvert rue de Grenelle après la mort de son mari. À l'enseigne d'Oriane, son nom de guerre du temps qu'elle était mannequin. Elle y est en ce moment. Éreintée, vidée par sa radiothérapie, mal dans sa peau brûlée par ces putains de rayons, elle fait pourtant l'effort d'y passer une ou deux fois par semaine. Ça l'oblige à prendre sur elle, à se maquiller, à s'habiller en maîtresse de maison qui veut faire honneur à ses clientes. Ce jour-là, Juliette, son associée, en a profité pour aller chez le coiffeur. Et Fabiane se partage entre deux Japonaises, deux petites rates à lunettes, tatillonnes — « No wash, dry clean ? » — qui hésitent depuis une bonne demi-heure entre un chemisier en soie et un tee-shirt en coton, et une business woman hyper pressée venue essayer un tailleur : « Comment ça, la retoucheuse est partie déjeuner ? Mais vous m'aviez dit de passer à midi ! »

Là-dessus, elle avise, plantée devant le portant des robes du soir, une jeune femme genre baba cool, en jean et baskets crades, enveloppée dans un poncho à franges, visiblement gênée de se retrouver dans cette atmosphère de luxe sophistiqué.

— Je peux vous aider, mademoiselle ?

— Non, non, je regarde... Ou plutôt si, j'aimerais...

Please, madame ! Les Japonaises réclament son attention. L'une d'elles a enfilé un somptueux manteau tibétain en peau rehaussée de broderies, destiné à une longue sylphide mesurant au moins un mètre quatre-vingts et elles voudraient savoir si on peut le raccourcir, s'il ne craint pas la pluie et combien il coûte.

Quand elles sont enfin reparties avec un tee-shirt à 160 balles : « No dry clean, wash ? », Miss Folklo était toujours là.

— Vous désirez ?

— Vous parler. Je suis une amie de Lorenzo. Je m'appelle Chloé.

— C'est vous Chloé ? Ça par exemple !

— Ça a l'air de vous étonner.

— Oui, encore assez. Je ne vous imaginais pas comme ça. Je vous voyais plus... Moins... enfin, peu importe ! Pourquoi vous êtes venue ?

— Je ne sais pas. Une impulsion. Il ne me parle que de vous, il m'a quittée pour vous et j'avais besoin de voir comment vous étiez.

— Attendez, il vous a quittée ? Et pour moi ? Qu'est-ce que c'est que cette histoire ?

— Enfin, pas quittée, quittée, mais on se voit de plus en plus rarement. Vous devez bien le savoir, il rentre pratiquement tous les soirs.

— Il est plus présent, c'est vrai, il est même plutôt gentil. Mais vu les circonstances, ça ne veut pas dire qu'il soit revenu pour de bon. Vous devriez patienter encore un peu.

— Écoutez, ça fait des mois que je patiente. J'en peux plus, moi ! Si encore j'en voyais le bout, mais comme c'est parti...

— C'est ça, le cancer, que voulez-vous ? Une longue et douloureuse maladie. J'aimerais bien pouvoir vous rassurer, vous dire que je n'en ai plus pour longtemps, mais ça n'est pas encore le cas. Et puis, vous savez ce que c'est, on s'accroche, on espère toujours s'en sortir.

— Ça m'a l'air plutôt bien parti. Vous avez très bonne mine pour quelqu'un qui...

— Ma pauvre amie ! C'est pas à la boutique qu'il fallait venir voir comment j'allais, là, je me suis mise sur mon trente et un, c'est à l'hôpital quand je sors d'une séance de radiothérapie. La prochaine, c'est lundi. Voulez-vous qu'on s'y donne rendez-vous ? Je suis sûre que ça vous rassurerait beaucoup. Non, vraiment ? Je n'insiste pas. Au revoir, mademoiselle. Désolée de vous avoir déçue... Bonjour, madame, vous désirez ?

Nina s'est invitée à déjeuner chez Fabiane, ça lui arrive souvent ces derniers temps, pour l'obliger à avaler ne serait-ce qu'un peu de jambon à l'os — « J'apporte tout, tu ne t'occupes de rien » —, de salade et de purée, de la bonne, de la vraie, de la faite à la maison qu'il n'y aura plus qu'à réchauffer. Les séances de radiothérapie tirent à leur fin et Fabiane est trop crevée, là, maintenant pour briquer, dépoussiérer, astiquer, ramasser, jeter, bref effacer la moindre trace de négligence et de désordre. Elle laisse tout aller. Au point même d'envoyer valdinguer ses chaussures, sans prendre la peine de les ranger, avant de s'allonger sur son canapé devant une table à café où traînent deux ou trois magazines négligemment ouverts à côté de la pile, une bouteille de Vittel, du courrier et des kleenex roulés en boule.

— Qu'est-ce qui t'arrive, ma puce, c'est carrément le bordel chez toi ! Non, non, ne bouge pas, je t'en prie, moi, je préfère et de beaucoup. Avant j'avais l'impression de débarquer dans...

— La salle d'attente d'un dentiste des beaux quartiers, oui, je sais... Allez, va mettre tes provisions à la cuisine et viens t'asseoir à côté de moi qu'on cause un peu... Tu ne devineras jamais qui est venu m'examiner à la boutique.

— Ton toubib ? Ça, alors !

— Non, penses-tu ! La copine de Lorenzo. Elle en avait marre d'attendre que je crève et elle voulait voir si c'était pour bientôt !

— Tu plaisantes ou quoi ?

— Non, je te jure, c'est vrai. Ça m'a requinquée du coup. Pas question de lâcher prise pour lui permettre de mettre le grappin sur mon mec...

— Tu lui as raconté, à Lorenzo ?

— Non. Tu vois, je n'ai même plus le courage de m'offrir une bonne petite scène de ménage. L'occasion était pourtant belle, dommage !

— Faut reprendre des forces aussi, ma puce ! Je t'ai apporté une bouteille de bordeaux, paraît que c'est très bon pour ce que tu as. Tu veux déjeuner ici sur un plateau ou tu préfères qu'on mange à la cuisine ?

— Ici, ce sera plus sympa. Dis voir, pendant que j'y pense, Juliette, tu sais, mon associée, m'a dit qu'on avait reçu les tailleurs pantalons gris anthracite dont je t'ai parlé. Faut absolument que tu viennes en essayer un. C'est tout à fait pour toi.

— Arrête avec ça, Fab, arrête de vouloir me relooker à ton image ! Ça part d'un bon sentiment, je sais, mais c'est absurde ! Il m'irait comme un bonnet d'évêque à une daurade, ton petit ensemble. Moi, sortie de mes vieilles fringues, inusables, confortables, elles sont de très bonne qualité, tu remarqueras, je ne ressemble plus à rien.

— Si, tu ressembles à une de nos voisines en Bretagne quand j'étais petite, une femme adorable, la mère... Comment elle s'appelait déjà... La mère Lucas. Mais, moi, je l'avais surnommée la mère Noël parce que chaque fois qu'elle passait à la maison, c'était pour nous apporter des fleurs, des légumes de son jardin, un gâteau ou une volaille. Maman l'invitait à prendre un verre de muscat avec des sablés. Elle laissait ses sabots devant la porte de la cuisine et elle venait s'asseoir devant la toile cirée, toute ronde, toute rose, en chaussons et en robe-tablier, pareil que toi rue Daguerre. Ils me manquent, tu sais, tes déjeuners du dimanche.

— Dès que tu iras mieux, tu vas pouvoir revenir.

— Bien sûr que non, voyons, Ninette. C'est fini pour moi, la vie de famille. Je n'en ai plus.

— Attends ! Les brouilles ça en fait partie justement. Suffit de se réconcilier et ça repart comme avant. Mieux qu'avant.

— Penses-tu ! Là, c'est allé beaucoup trop loin.

— Je ne suis pas de ton avis. Elle a fait un véritable abcès de fixation sur toi, Tchatcha. Fallait bien que ça crève un jour ou l'autre.

— Bon, OK, ça a crevé, elle m'a envoyé une énorme giclée de pus à la figure et je me suis éloignée définitivement. Normal, non ?

— Peut-être. Encore que... Tu vois, moi, je ne supporterais pas d'être brouillée avec Max. Il fait tellement partie de moi que... Ce serait comme si on me coupait un bras...

— Moi, on m'a coupé un sein, ma fille s'est coupée de moi et je survis, faut bien.

— Oui, mais dans quel état ! Ça te mine, je le vois bien, cette histoire avec Tchatcha. Elle, pareil.

— Ça m'étonnerait ! Elle file le parfait amour avec Max, elle a son gamin. Elle n'a jamais été plus heureuse de sa vie.

— Tu te trompes complètement. Il en a par-dessus la tête, Maxime, elle ne lui parle que de ça, elle a peur de nous avoir perdues toutes les deux et elle...

— Pourquoi elle t'aurais perdue, toi, je ne comprends pas ?

— Parce que non seulement je n'ai pas pris parti pour elle contre toi, mais je n'ai pas voulu lui faciliter les choses en jouant les mères de remplacement. Du coup, je suis probablement plus réservée qu'avant, c'est vrai. Le problème, tu comprends, c'est qu'on a tissé des liens à trois, là, maintenant, et que si on veut les préserver, faut que chacun y mette du sien.

— Tu veux que je mette combien ? Et quand ? Non, parce que j'ai pas tellement les moyens en ce moment.

— Je peux te faire crédit encore un certain temps, mais faudra bien finir par casquer, je te préviens. En attendant, je vais mettre la pression sur Tchatcha pour qu'elle y aille de sa contribution.

— Espérons qu'elle ne sera pas trop dure à la détente !

Ça va faire bientôt quatre mois qu'ils sont ensemble, Maxime et Tchatcha, et ils se partagent entre son appart à elle, trop petit pour qu'il vienne s'y installer, et le studio qu'il a dégoté île Saint-Louis peu de temps avant de la rencontrer. En semaine, il campe chez elle et ils passent le plus souvent possible le week-end chez lui. Seuls. Sans Nathan. Nathan, c'est Nina qui le prend, trop contente. Ils adorent se retrouver dans ces quarante mètres carrés si bien agencés, aménagés style bateau par un copain décorateur, que Tchatcha a scrupule à y foutre le bordel. Du coup, elle ramasse ce qu'elle a laissé traîner — c'est plus fort qu'elle — mais au lieu de le remettre à sa place, elle le pose n'importe où. Et Maxime, attendri par son petit sourire satisfait, le sourire du boy-scout tout fier d'avoir aidé une vieille dame à traverser la rue, Maxime se garde bien de la rappeler à l'ordre. Il se contente de ranger après elle comme si de rien n'était. Pas question de gâcher ne serait-ce qu'une minute de ces quarante-huit heures au paradis des amoureux.

La plupart du temps, ils referment la porte sur eux le vendredi soir et ils restent là, aux bras l'un de l'autre, sans mettre le nez dehors, jusqu'au sacro-saint déjeuner du dimanche. Où ils arrivent régulièrement en retard, excités et absents, tour à tour, l'air ailleurs, encore lourds, encore gourds de plaisir, de désir assouvi.

Il arrive parfois, pas souvent, qu'au lieu de confier son bébé à Nina, Tchatcha, bonne fille, propose à Flo de venir s'en occuper en son absence. C'est le cas aujourd'hui. Florence vient d'arriver et Tchatcha la regarde stupéfaite — elles ne se sont pas vues depuis des semaines — tellement elle la trouve changée. Elle, si nette, si soignée, l'« executive woman » dans toute sa splendeur aérobiquée, elle est bouffie, négligée, l'air abrutie, ronchon, elle a le cheveu gras, un teint de papier mâché et elle a énormément grossi :

— Enfin, Flo, qu'est-ce qu'il y a ? Tu es malade ou quoi ?

— Non, c'est pas ça, c'est la gynéco. Elle m'a dit que si je voulais qu'il s'accroche, la prochaine fois, mon embryon, fallait absolument que j'arrête de me droguer au boulot.

— Attends ! Je me tue à te le répéter.

— Oui, ben, justement je suis en train de me faire désintoxiquer.

— C'est une blague ?

— Non, c'est sérieux. Ça se soigne. Une psychothérapie. Ça aide à lutter contre le besoin de s'affirmer, de diriger, de gagner, de décrocher des contrats, etc.

— C'est pas trop dur ?

— Si, très. Un moment je croyais pouvoir m'en

sortir. Et puis là, mon associé, au lieu de m'aider en se cachant pour bosser, il n'arrête pas de me tenter, il laisse traîner des rapports, des bilans, des dossiers. J'ai beaucoup de mal à résister. Je n'ai qu'une envie, me jeter dessus pour les dévorer. L'autre jour il m'a même demandé de l'aider à rédiger un truc. C'est infernal, je te jure.

— Pourquoi il fait ça, Roger ? Je comprends pas, il n'a pas intérêt à ce que tu reprennes un temps plein.

— Comment ça ?

— Enfin, Flo, tu l'as toujours soupçonné de vouloir te piquer l'affaire, alors...

— Oui, mais c'était pas vrai, c'était un effet de la drogue, justement. J'étais tellement chargée que j'en avais des hallucinations. Dans le style persécuté, tu vois.

— Ce que je vois, c'est qu'obsessionnelle comme t'es, elle te pourrit la vie, cette histoire de bébé à tout prix. Tu ne ressembles plus à rien, tu... Ah, te voilà, Maxime... Je vous laisse, je vais faire mon sac et on va y aller.

— Ben, ne me regarde pas comme ça, Max ! Je ne suis pas au mieux de ma forme, je sais, mais je viens de l'expliquer à la Tchatche, j'essaye de ne plus travailler.

— Tu t'es mise aux 35 heures ?

— Non, je n'ai même pas droit à ça. Le boulot, faut plus que j'y touche si je ne veux pas replonger. Et je suis tellement en manque que je bouffe pour compenser comme quand tu arrêtes de fumer.

— Ah, merde, ça ne pouvait pas plus mal tomber ! Je voulais justement te consulter pour un placement... Il y en a pour une seconde.

— Non, ça, rien à faire !

— Allez, quoi, un petit conseil pas vu pas pris, le conseil de l'amitié.

— Rien qu'un seul, alors !

— Promis juré ! À ma banque, ils insistent pour que je revende mes Télécom, elles sont à la hausse, et que j'achète du Vivendi, mais il y a peut-être mieux à faire, qu'est-ce que tu en penses ?

— Arrête, c'est trop, là ! Tu veux que je replonge, c'est ça ? Écoute les émissions de Jean-Pierre Gaillard à la radio et verse-moi plutôt un verre de bière sans alcool.

Surtout n'allez pas conclure de ce qui précède que toute à sa passion pour Maxime, épanouie, comblée, Tchatcha en a oublié sa brouille avec Fabiane. Pire qu'une brouille, une rupture. Avec tout ce que ça implique côté Nina. Ce serait mal la connaître. C'est une boulimique, la Tchatche. Amour, amitié, tendresse, complicité, elle est incapable de renoncer à quoi que ce soit. Et une anxieuse. Suffit qu'on lui batte froid, ou du moins qu'elle le croie, pour qu'elle panique : J'ai laissé deux messages sur son répondeur et elle ne m'a pas rappelée. Pourquoi ? Qu'est-ce qui se passe ? Qu'est-ce que je lui ai fait ? Je lui ai mal parlé ou quoi ? C'est le genre de truc qui la rend malade, Tchatcha. Elle ne pense plus qu'à ça. Elle n'en dort pas.

Du coup, elle a beau buller quand elle débarque au saut du lit le dimanche, chez Nina, rue Daguerre, le plus souvent, il est crevé quand elle en repart, son petit nuage rose, percé à coups d'épingle par une marque d'impatience de la part de Nina (« Tu peux pas faire attention ? »), une moue dubitative (« Ça m'étonne ! ») ou l'absence d'une main tendue en signe de tendre complicité. (« Viens me faire un câlin, ma petite fille. »)

Et il est bien rare qu'au retour, Nathan endormi à l'arrière de la voiture, elle ne s'en ouvre pas à Maxime. Qui, lui, maintenant, ne l'ouvre plus. Il essaye en tout cas. Il s'efforce d'adopter, sur les conseils de sa mère, qui les a glanés dans je ne sais plus quel magazine feuilleté chez le coiffeur, la méthode dite de l'écoute positive mise au point par un psy américain :

— Faut surtout pas que tu te mêles de son problème avec Fabiane, mon grand. Ça ne servirait qu'à te pourrir la vie. Si j'ai bien compris cet article, tu l'écoutes en silence. Gentil, le silence, attention, pas hostile. Et de temps en temps tu lâches un « Ah bon ! », un « Tu crois », un « Vraiment ? » qui l'encouragent à déballer ce qu'elle a sur le cœur, sans que ça t'engage en quoi que ce soit. Tu peux aussi résumer sa pensée, mais sur le mode interrogatif, tu vois, genre : si j'ai bien compris, tu trouves que, etc. Ça lui montrera que tu t'intéresses à ce qu'elle dit, que tu compatis, que tu es avec elle, quoi !

— T'es sûre ?

— Oui, paraît qu'elle est excellente, cette méthode pour désamorcer les choses au lieu de les envenimer. Essaye, tu verras bien. Faut y aller au feeling.

Il doit sérieusement en manquer, Maxime, parce que les résultats ne sont pas très probants. Jugez-en :

— Elle en a après moi, rapport à Fabiane, la Nine, c'est clair.

— Ah bon ?

— Enfin, Maxime, depuis le temps que je t'en parle, tu pourrais être au courant quand même, non ?

— Tu crois ?

— Ben oui, je crois ! Si ça te casse les pieds, mes histoires, t'as qu'à le dire !

— Vraiment ?

— Qu'est-ce que tu sous-entends ? Que si tu me le disais, je t'en voudrais à mort ? Mais, non... sauf que ce ne serait vraiment pas gentil de ta part, sachant à quel point ça me fait souffrir. Ça serait même d'un égoïsme monstrueux, je vais te dire ! C'est le cas ? Ça te bassine, c'est ça ? Bon, très bien, je ne t'en parlerai plus. Plus jamais. Mais, comme ça me tient terriblement à cœur, tu comprendras que je ne te parle pas d'autre chose non plus... Bon, alors, pour ce soir, chacun chez soi. La solitude à deux, je ne supporte pas.

— Pour résumer ta pensée, tu veux que je te dépose chez toi, c'est ça ?

— Voilà ! T'as tout compris ! Et puis, tiens, arrête-moi devant cette station de taxis, ce sera plus simple.

— Tu crois ?

— Je ne crois pas, je suis sûre. Là, comme c'est parti, le moins je te vois, le mieux je me porte. Bon, allez, tchao, à un de ces quatre !

Ce qui l'a tuée, Fabiane, au-delà même de ce putain de cancer — il ne pouvait pas plus mal tomber, faut dire —, ce n'est pas tellement le fait que Lorenzo ait une histoire, elle s'en serait bien passée, mais, bon, ce sont des choses qui arrivent, c'est qu'il ait pu trouver son bonheur avec une autre femme. Elle qui tirait une telle fierté, une telle jouissance à satisfaire au mieux — ne lui avait-il pas tout appris ? — son goût pour les hommes, si, au bout du compte, il lui en avait préféré un, elle aurait pu le comprendre et l'accepter. Normal, après tout, qu'il préfère l'original à la copie. Mais qu'il ait pu lui retirer son rôle de grande prêtresse, d'ordonnatrice de ses plaisirs pour le donner à la première petite nana venue, une copine de sa fille en plus, ça, Fabiane ne l'a pas digéré.

Elle s'est sentie humiliée, dévalorisée, rejetée, trahie, atteinte au plus profond, au plus secret, je ne dirai pas de son amour-propre, encore qu'il y ait un peu de ça, de sa conception de la vie. Une vie entièrement consacrée à la poursuite d'un idéal. Un idéal d'élégance et de beauté. Ça n'est peut-être pas celui d'un prix Nobel de la paix ou d'un Che Guevara, mais, bon, c'est le sien. Toute jeune déjà, elle s'était convaincue qu'à force d'efforts et de renoncements, elle pourrait finir par l'atteindre. Et le conserver. C'était devenu comme une seconde nature. Mieux, une religion. Elle avait fini par croire, dur comme fer, que le seul fait de se dominer allait lui permettre de dominer l'adversité.

Et puis, là, patatras, tout s'est écroulé. Obligée de lâcher la rampe, pauvre petit oiseau englué par le lourd goudron de la maladie et de la trahison, fuyant jusqu'à son reflet dans les grandes glaces qui tapissent sa boutique, Fabiane a manqué perdre pied. À cause de son sein ? Oui, bien sûr. Encore que ça ait joué dans les deux sens. La raison pour laquelle Lorenzo est revenu tient à ça justement. Il la connaît assez pour savoir qu'en l'amputant de sa féminité, le bistouri du chirurgien l'a diminuée au point de lui interdire, rien que d'y penser, elle en frémit d'horreur, tout contact avec lui. De ce côté-là donc, rien à craindre. S'il est rentré à la maison, c'est en copain. Un copain affectueux et taquin. Un copain libre d'aller et de venir à sa guise, même s'il s'efforce, ce qu'il ne faisait pas auparavant, de trouver un vague prétexte à ses absences ou à ses retards. C'est vrai, après tout, il n'habite pas l'hôtel.

Et Fabiane, comment s'accommode-t-elle de la situation ? Plutôt bien. En d'autres circonstances elle n'aurait jamais supporté, sans être à nouveau soulevée par une houle de rancœur, de jalousie et de regrets, ce rapprochement qui n'en est pas un. À table, la solitude à deux, ça n'est déjà pas la joie, mais alors au lit, quand l'un veut, l'autre pas, c'est l'enfer. En l'occurrence, rien de pareil. C'est elle, c'est Fabiane qui lui a demandé comme allant de soi de s'installer dans la chambre d'ami : « Ça vaudra beaucoup mieux. Pour nous deux. »

Au lieu de l'achever, ce compagnonnage, cette présence affectueuse, légère, devrait la réconforter, au contraire, lui permettre de cicatriser. À condition évidemment que les copines, par exemple Inès et Patricia, ne s'en mêlent pas :

— C'est quand même génial, ce qu'il a fait, Lorenzo. D'accord, s'il s'était tiré en te laissant dans la merde, on l'aurait traité de salaud, mais de là à se remettre avec toi...

— Pourquoi ? Je sens mauvais, c'est ça ?

— Mais non, Fabiane ! Qu'est-ce que tu vas chercher ? T'es devenue d'un susceptible ! C'est pas toi, c'est la maladie, tout ça... Les mecs, ça les fait fuir, pas revenir, tu le sais bien.

— Oui, mais bon, maintenant, moi, ça va.

— Ça va ! Ça va ! Moi, je veux bien, mais t'as quand même drôlement décollé, ma pauvre chérie, tu ne ressembles plus à rien, pas vrai, Inès ?

— Attends, Patricia, c'est pas des choses à dire !

— Si ça n'est pas moi qui lui dis, qui lui dira, tu peux me dire ? C'est le rôle des amies, non ? Et le médecin, qu'est-ce qu'il dit ?

— Pour le moment, rien. Va falloir que je refasse tous les examens dans trois mois et...

— Dans trois mois seulement ? Ils sont pas pressés, dis donc ! Tiens, ça me fait penser, le frère à ma belle-sœur, sa femme avait le cancer pareil et un an après, fini, terminé.

— Tu vois bien, on en guérit.

— Attends, elle en est morte, oui !

— Arrête, Patricia, tu lui sapes le moral, là ! Allez, t'en fais pas, ma puce, te connaissant, tu vas te reprendre en main et te remettre en forme en un rien de temps.

— Tu fais gaffe à ce que tu manges au moins ?

— Non, pourquoi, tu me trouves trop grosse ?

— Un peu bouffie, oui. Tu devrais peut-être suivre un régime sans sel. Et la gym, tu t'y es remise ?

— J'ai essayé, je suis retournée à mon club une ou deux fois, mais j'en suis ressortie tellement crevée que...

— L'ennui, c'est que moins t'en fais, plus c'est dur. Forcément, les muscles, ça fond à une vitesse pas croyable, surtout à ton âge. Tiens, je t'ai pas dit ? J'ai vu la copine de ton mec, elle est venue le relancer à l'atelier.

— Et alors ?

— Rien, il n'était pas là et elle est repartie. Elle est mignonne, d'accord, très mignonne, mais un peu jeune quand même ! Non, c'est vrai, elle pourrait être sa fille. Elle avait l'air très emmerdée de ne pas le trouver.

— Pourquoi tu me racontes ça, Patricia ?

— Et pourquoi je ne te le raconterais pas ? Qu'est-ce que ça a de désagréable ou de vexant ? Décidément, on ne peut plus rien te dire, là, maintenant, tu prends tout de travers. Il a du mérite, Lorenzo, je te jure ! J'aimerais pas être à sa place. Tu as une de ces chances, ma grande, une chance de cocue... Oh, pardon !

Ça y est là, elles se sont réconciliées, Fabiane et Tchatcha. Comment c'est arrivé ? Par hasard. Elles avaient rendez-vous l'une et l'autre, le même jour, dans un grand labo de l'avenue de Miromesnil, un labo très réputé, le laboratoire Rauchebrune. Et, bon, elles s'y sont croisées. Quand Tchatcha est entrée dans la salle d'attente et qu'elle a vu sa mère assise là, sur une petite chaise en formica, dos rond, le regard tourné vers l'intérieur, elle a eu le cœur serré — Merde, c'est pas vrai, elle ne s'en sortira donc jamais ! — et dans un élan d'inquiétude et de pitié elle s'est dirigée vers Fabiane qui a levé les yeux, surprise :

— Ça alors, Tchatcha ! Qu'est-ce que tu fais là ?

— Je suis venue pour une prise de sang. Et toi ?

— La routine. Une mammo et une écho de contrôle. Il a fallu que je boive un litre d'eau avant de venir et je ne tiens plus. Si ça continue, je vais finir par faire sous moi...

— C'était donc ça, cet air absent, douloureux... Tu te retenais, voilà tout. Et moi qui croyais...

— Ça y est, c'est mon tour, je file... Bon, ben,

peut-être à tout à l'heure... Sinon, amitiés à Maxime...

Quand Fabiane retournera dans la salle d'attente, enfin soulagée, avant de passer devant le toubib chargé de délivrer son verdict au vu des clichés pris par ses assistantes, Tchatcha n'y sera plus. Dommage, mais bon, elles se sont revues, elles se sont parlé, elles ont renoué, quoi. Libre à elles de resserrer le nœud encore très lâche de ces retrouvailles.

Une haute, une large silhouette un peu enveloppée, sportive, en blouse blanche, s'encadre dans la porte. La blouse est assortie à la brosse de cheveux plantés drus et à l'éclat d'un sourire chaleureux. Les mains carrées, les joues pleines, les traits réguliers, le col de chemise, le nœud de cravate ton sur ton, tout le reste est beige, beige doré, beige bronzé. Il a l'air de remonter de la plage, ce mec. Madame Féry ? Fabiane se redresse, se lève, s'avance vers lui, très droite, très élégante, manteau long, ouvert sur un pantalon à pinces prince-de-galles, pull chaussette, boots à talons, qui détonnent dans le tout-venant des parkas, des jeans et des gros pulls avachis par une morne, une longue attente : Allez vous asseoir, on vous appellera.

Il la regarde, amusé, surpris, un rien épaté aussi. Rares sont les patientes qui prennent le soin de s'habiller pour venir se déshabiller ici. Et bon, il trouve ça plutôt crâne, plutôt classe.

— Si vous voulez bien me suivre ?

Il la fait entrer dans une belle pièce d'angle, l'invite à prendre place devant un grand bureau très design. Lui tourne le dos pour examiner en silence les clichés qu'il a glissés sur une plaque lumineuse accrochée au mur. Revient s'asseoir en face d'elle. Se renverse dans son fauteuil à vis, doigts croisés, lunettes sur le front. Et la dévisage en silence, une lueur de malice au fond des yeux. Elle l'interroge, impatiente : Alors ?

— Tout ça me paraît bien... Très bien... Votre dernière opération date de quand ? Janvier 1999 ? Eh bien, en ce qui me concerne et sous réserve de ce que vous dira le Pr Couvelert, vous êtes guérie, chère madame, vous n'avez plus le cancer.

Fabiane le regarde : Ah bon ! Vous êtes sûr ?

— Ça n'a pas l'air de vous faire particulièrement plaisir... Non, hein ?... Pas trop déçue quand même ?

Et elle, au lieu de se récrier, fascinée, conquise par ce regard au laser d'un bleu-gris très clair, compétent, attentif, ouvertement complice :

— Déçue, non, bien sûr... Encore que... Oui... Un peu. Ne me demandez pas pourquoi, je ne sais pas...

— Pas la peine, je sais. Ça faisait dix-huit mois que vous vous le coltiniez, ce cancer. Il était devenu votre raison de vivre. De vivre, je dis bien. Pas de mourir. Je suis persuadé que vous n'avez jamais eu l'ombre d'un doute là-dessus... Je me trompe ?

— Non, jamais. Mais j'ai été tellement cognée par la perte de mon sein, que par moments j'aurais préféré y rester. Et maintenant...

— L'ouragan est passé. Il vous a dévastée et vous vous retrouvez tout abîmée. Toute désemparée. Toute bête. Plus moyen d'éveiller la pitié inquiète de vos proches, pas vrai ? Va falloir vous reprendre en main toute seule. Et le reconstruire vite fait, ce sein. Pas à l'identique, non, faut pas rêver... Mais bon, libre à vous de faire rectifier l'autre ensuite pour qu'ils finissent par se ressembler.

— Ressembler à quoi ? À une prothèse, hein, c'est ça ?

— Oui, bien sûr, mais ça vaut mieux que rien, croyez-moi. Beaucoup mieux. Et vous allez avoir droit à deux opérations supplémentaires. Ça vous occupera.

— C'est pas gentil ce que vous dites là.

— Mais si, au contraire. Curieux, on ne se connaît pas et pourtant j'ai l'impression de lire en vous à livre ouvert.

— Et ça vous intéresse ?

— Quoi ?

— Ben, ce que vous lisez.

— Beaucoup. C'est spécial, comme disait ma belle-mère.

— La mère de votre femme ?

— De mon ex-femme, oui... enfin, de ma compagne.

— Comment ça, spécial ?

— Permettez... Allô ! Prenez son numéro de téléphone et dites-lui que je le rappellerai dans cinq minutes. Où en étions-nous ? Ah, oui... C'est spécial. Remarquez, elle, elle disait ça du bout des lèvres, en parlant d'une recette ou d'une tenue vestimentaire un peu ollé-ollé, avec une pointe de réprobation dans la voix. Ça n'est pas mon cas. Pas du tout. Au contraire... Allô ! Oui, bon, j'arrive... Désolé, faut que j'y aille... Je vous raccompagne.

Il la reconduit en la tenant par le coude jusqu'au bureau d'accueil où s'affairent deux secrétaires chargées de régler la circulation des patients entre salles d'attente et d'examens. Et au moment de la quitter : Je vais appeler l'ami Couvelert tout à l'heure pour lui communiquer vos résultats. Mais pour la reconstruction, vous devriez vous adresser au Pr Fourtin à Saint-Louis. J'y ai dirigé le service de radiologie pendant des années et vraiment, c'est le meilleur. Si vous voulez, je peux lui en toucher un mot. Tenez, prenez ma carte et n'hésitez pas à m'appeler au cas — probable ! — où vous vous poseriez des questions. Promis ?

Fabiane a jeté un coup d'œil sur la carte avant de la glisser dans sa poche : Professeur Bruno de Rauchebrune, ancien chef de service des hôpitaux de Paris. Elle l'a regardé avec un sourire étonné :

— C'est donc à vous tout ça ?

— Oui. Vous n'avez rien contre au moins ? À très vite, alors !

Tchatcha a guetté le retour de sa mère dans la salle d'attente du labo pendant un petit moment et puis, pressée par le temps, elle est repartie en se promettant de l'appeler le soir même pour avoir les résultats de ses examens de contrôle. Ce qu'elle a fait. Elle l'a fait comme si de rien n'était, comme si elles n'avaient jamais cessé de se voir et Fabiane lui a volontiers emboîté le pas. Éprouvant même le besoin d'aller plus loin, d'évoquer, elle est encore sous le charme, sa rencontre avec Rauchebrune : « C'est le patron du labo. Tu ne peux pas savoir ce qu'il est séduisant. » Et Tchatcha, reconnaissante, n'aura rien de plus pressé que de se confier, de se livrer, elle aussi, à sa mère. Il suffira que Fabiane lui demande :

— Et toi, cette prise de sang, c'était pourquoi ? Rien de grave au moins ?

— Écoute, je ne devrais pas te le dire, personne n'est au courant, sauf Maxime, pas même la Nine, mais je suis enceinte.

— Ma pauvre chérie ! C'est très embêtant, non ? Nathan est encore tout petit et...

— Arrête, tu ne sais pas le plaisir que ça nous fait. On ne s'y attendait absolument pas. Tellement que j'ai voulu avoir la confirmation du test de grossesse avant d'en parler à Max. Pour ne pas lui donner de fausse joie. Et bon, si tout va bien, Nathan aura un petit frère ou une petite sœur pour Noël. Surtout t'en parle pas, hein, c'est très risqué avant le troisième mois. Promis ?

— Promis, juré ! Si tu es contente, je le suis aussi, tu penses !

Avance sur image, avance rapide. On se retrouve trois mois plus tard à l'heure du déjeuner dans un bistro à deux pas de la boutique où Tchatcha est passée prendre sa mère. Ce qu'elle fait régulièrement, ravie de ces tête-à-tête en marge, souvent même en cachette, des réunions familiales chez Nina le dimanche. Toute à son béguin, un béguin contrarié pour son directeur de labo, Fabiane a trouvé en Tchatcha une confidente plus jeune, plus avertie, plus pertinente que la Nine. Et Tchatcha ne se lasse pas de ce rôle, si nouveau pour elle, de copine, de complice, le rôle que tenait autrefois Nina auprès de Fabiane, une Nina amenée à jouer les maman-gâteau dans la tendresse retrouvée de ces rapports à trois.

— Alors, raconte, Fabiane ! Il a appelé ?

— Non, penses-tu ! Et il n'appellera plus. Ça va faire quinze jours qu'il a dû rentrer de ce séminaire à la Réunion, et bon, rien...

— Ils ne reculent devant rien, dis donc, ces grands labos. Ils n'arrêtent pas de régaler les toubibs susceptibles de leur envoyer de la clientèle. Et je t'invite à la chasse, à la neige, sous les tropiques ou au Lido. Et je te couvre de cadeaux. Combien tu paries qu'il y était aussi à la Réunion... Comment il s'appelle déjà... Ton cancérologue, celui qui t'a adressée à Rauchebrune.

— Couvelert ? Oui, probable... Pas Fourtin. Je l'ai encore vu hier à Saint-Louis. Ils sont vraiment copains lui et Rauchebrune. La preuve, ils sont passés me voir ensemble après ma reconstruction. J'en revenais pas de le voir là, au pied de mon lit, Rauchebrune. Si gentil, si concerné, si... Bizarre quand même qu'il n'ait plus donné signe de vie depuis.

— Oui, très. Et si tu le relançais ?

— Comment ça ?

— Ben, tu le rappelles au labo pour lui donner de tes nouvelles.

— Attends ! Ça aurait l'air de quoi ?

— De ce que font toutes les filles autour de moi. S'il fallait attendre que les mecs se manifestent pour arriver à en choper un, on vivrait dans un immense désert affectif. Je ne parle pas pour moi et Maxime. Sur ce coup-là, j'ai eu de la chance. Mais bon, la drague au féminin, les magazines féminins en sont pleins : « Où, quand et comment lui faire du rentre dedans. »

— Non, écoute, ça, je ne pourrais pas. De mon temps, c'était impensable. Il fallait se faire désirer au contraire. Il fallait les maintenir en haleine, les garçons, ne jamais accepter de les voir le soir même, ni le lendemain, ni le jour d'après : « Je n'ai rien de libre avant mercredi en quinze. » Sous-entendu : « Tu n'es pas le seul en piste, mon grand ! » T'as pas une autre idée, dis ?

— Si. Je vais bientôt retourner au labo pour ma première écho. J'irai avec Max, mais rien ne t'empêche de venir aussi. Après tout, tu es sa grand-mère, à ce bébé.

— Oui, ben, je ne tiens pas tellement à ce qu'il me voie dans ce rôle-là, figure-toi.

— Ça, Fab, tu n'y couperas pas. Faudra bien qu'un jour ou l'autre tu lui parles de nous.

— Bien sûr. Mais peut-être pas d'entrée de jeu : Bonjour, c'est moi ! Je suis venue voir ce qu'il y a dans le ventre de ma fille avant d'acheter de la laine à tricoter. Rose ou bleue.

— La layette, tu laisses ça à Ninette et on trouve autre chose alors, mais tu ne peux pas continuer à te ronger les sangs en effeuillant la marguerite comme une gamine de quinze ans. Tu vas finir par dépérir... Et si je me pointais au labo pour lui faire passer un test, c'est bien son tour : Vous êtes amoureux. 1/ Passionnément. 2/À la folie. 3/ Pas du tout. Cochez la bonne réponse. Au moins comme ça tu saurais à quoi t'en tenir.

— Tu me passes la salade, chérie, s'il te plaît ? Hé, ho, Fabiane, je te parle !

— Excuse-moi, j'avais la tête ailleurs... Qu'est-ce que tu disais ?

— Marrant, elle est toujours de sortie, ta tête, depuis quelque temps. C'est quoi, ton problème ?... Laisse, j'y vais... Allô, oui ? Ne quittez pas... C'est pour toi.

— Allô ! Ah ! Professeur... Oui, j'en suis contente, très... Enfin, assez... Je préfère l'autre, le vrai, mais bon... Il a vraiment fait ce qu'il a pu, votre ami Fourtin. D'ailleurs, je vous ai appelé au labo en sortant de l'hôpital pour vous remercier, mais vous étiez à la Réunion, je crois... Votre secrétaire ne vous l'a pas dit ? Pourtant je lui ai laissé mes coordonnées... C'est pas grave... Mais non, ce sont des choses qui arrivent... Vendredi prochain ? Écoutez, je ne sais pas... Faut que je voie... Je vais vous donner mon numéro de portable... C'est le 06 10 02 63 18... Rappelez-moi d'ici là... Oui, c'est ça... Au revoir... Au revoir...

— Eh bien, nous y voilà ! C'est pas quoi, c'est qui, ton problème ?

— Quoi, c'est qui ?

— C'est qui, ce mec ?

— C'est personne. C'est un toubib.

— Un toubib un peu particulier, non ?

— Comment ça, particulier ?

— Particulier à tes yeux.

— À quoi tu vois ça ?

— À tout ! À tes gestes, à ton ton. Tu minaudais, tout excitée, tu t'entortillais avec le fil du téléphone, tu dansais d'un pied sur l'autre en me tournant le dos, gênée par ma présence : « Mais si, je vous ai appelé, on ne vous l'a pas dit ? » Une collégienne qui en pince pour un élève de terminale. Où tu vas là, Fabiane ? Enfin, voyons, ça n'est plus de ton âge.

— Quoi, mon âge ? Il n'y a pas d'âge pour... Et de toute façon, c'est même pas vrai. Qu'est-ce que tu vas chercher ? Il m'a demandé comment j'allais. Je lui ai répondu, c'est tout.

— Regarde-toi ! Je te connais, va, tu es vexée comme un pou à l'idée qu'on puisse croire que tu fais des avances aux messieurs.

— Ben, justement, je ne lui en ai pas fait, alors fiche-moi la paix, tu veux ?

— Bien sûr que je veux. Je ne veux que ça, là, maintenant, vivre en paix avec toi. On n'est pas bien ensemble ? On s'est faits l'un à l'autre. On ne se gêne pas. On ne se heurte plus. C'est le rêve, non ?... Allez, arrête de faire la gueule et passe-moi la salade, ma grande... Hé, ho, Fabiane, je te parle !

C'est dimanche. Dimanche à l'heure du déjeuner rue Daguerre. Elles sont bien là toutes les trois, Fabiane, Ninette et Tchatcha — Max n'est pas là. Il est parti repérer un club de vacances à Saint-Barth —, elles sont au doux, elles sont au chaud dans la grande cuisine-living inondée de soleil. Fab est méconnaissable. Elle rayonne, éclairée de l'intérieur par le plaisir inattendu, improbable et tellement grisant, d'être encore capable d'éveiller le désir, l'admiration côté Bruno, et, oui, le doute, l'inquiétude côté Lorenzo. Le plaisir aussi, un vrai bonheur d'avoir réintégré le cercle de famille. Tchatcha n'est pas en reste qui ne s'est jamais sentie mieux que pendant ses grossesses. Et celle-ci la comble. Nathan, elle l'a attendu toute seule alors que là, ils sont tous autour d'elle, son mec, il vient d'appeler, et ses deux mères, la fausse vraie et la vraie fausse, la main posée sur son gros ventre : Je peux ? J'aimerais le sentir bouger... Quant à Nina, qui vient de déposer sur la table un pot-au-feu fumant — Je vous sers, les filles ? —, elle a un petit sourire entendu, indulgent, attendri, un sourire qui se reflète, malicieux, dans les verres de ses lunettes.

— Alors, Fab, tu me l'amènes quand ?

— Qui ça ?

— Ben, ton amoureux.

— Quel amoureux ? Qu'est-ce que tu racontes ?

— Ce que me dit mon petit doigt.

— Ton petit doigt ? À d'autres ! C'est toi, Tchatcha, qui... Comment t'as pu me faire ça ?

— Moi ? Mais j'ai rien fait du tout, voyons, Fabiane, jamais je n'aurais...

— Ah, parce que Tchatcha est dans la confidence et pas moi ? C'est pas très amical, ça, Fab. Remarque, je n'avais pas besoin qu'on me le dise, ça se voit gros comme une maison. Non, mais regarde-la, Tchatcha, regarde le fard qu'elle nous pique ! Une vraie gamine. Alors, c'est qui, espèce de petite cachottière ?

— Attends, la Nine, j'allais t'en parler, je te jure ! Si je ne l'ai pas fait plus tôt, c'est parce que rien n'était moins sûr. Il devait me rappeler, il ne l'a pas fait et...

— Qui ça, il ?

— Le directeur du labo où je suis allée faire mes examens de contrôle, tu sais, le labo où on s'est retrouvées la Tchatche et moi.

— Il est comment ? Tu l'as vu, Tchatcha ?

— Non, moi, j'étais là pour une simple prise de sang et...

— Je te le décrirai après, Ninette. Mais je veux que tu me croies. Non, c'est vrai, je ne suis sortie avec lui que deux fois et je ne t'ai pas vue depuis. Je n'allais quand même pas t'en parler au téléphone...

— Sortie, sortie ?

— Comment ça ?

— Sortir, ça veut dire coucher à présent, tu sais bien.

— Non, mais tu me vois coucher avec un mec la première fois ou même la seconde ! Ça va pas la tête ! Vendredi dernier, je suis passée le prendre au labo et on est allé boire un verre au bar du Plaza Athénée, et hier il m'a emmenée dîner chez Benoît.

— Il est marié ?

— Séparé. Deux enfants.

— Et tu le revois quand ?

— Je ne sais pas. Il doit m'appeler sur mon portable. Je ne tiens pas tellement à recevoir ses coups de fil à la maison. Je ne t'ai pas dit, Tchatcha, mais Lorenzo se doute de quelque chose...

— Et alors ? Après la façon dont il s'est conduit, ce con, bien fait pour sa pomme ! Moi, à ta place, je serais trop contente de pouvoir lui rendre la monnaie de sa pièce.

— Attends ! C'est pas parce qu'il m'a... que je vais... En plus, j'en ai pas envie. Je préfère voir venir... Tu comprends ça, toi, hein, Nina ?

— Très bien. Ce serait idiot. On ne lâche pas la proie pour l'ombre. Tu crois qu'il est très accroché, ce monsieur... Monsieur comment ?

— Bruno de Rauchebrune. Oui, encore assez. On est très bien ensemble. Il est tendre, il est complice. Il a l'air de me trouver à son goût. Hier au restaurant, il m'a pris la main, mais quand il m'a raccompagnée, il n'a pas essayé de m'embrasser.

— Tu as l'air de le regretter.

— Non, pas du tout, au contraire. Avec mon sein, je ne suis pas pressée de...

— Attends, il est très bien, ton nouveau sein. Il est petit, il est ferme, il est haut perché.

Alors, la Tchatche, piquée au vif :

— Ah ! Parce que tu l'as montré à Nina, Fabiane ? Et moi, t'as pas voulu... Pourquoi ?

— Non, non, ma petite fille, rassure-toi, elle m'a tout juste permis de l'effleurer sous son pull.

Pas évident, ces rapports à trois, hein ? Au tout début, Tchatcha occupait une place de choix. Les deux autres ne se voyaient qu'à cause d'elle. Puis Nina s'est prise d'affection pour Fabiane et Tchatcha s'est sentie un peu rejetée, un peu exclue. D'où peut-être la violence de sa sortie contre sa mère aux sports d'hiver. Jamais aussi proche de Fabiane, toujours aussi proche de Nina, elle se retrouve depuis quelques semaines au cœur de leur relation. Et voilà que Nina, en se glissant dans la confidence de Fabiane, en approuvant, elle, son attitude vis-à-vis de Lorenzo, menace à nouveau ce fragile équilibre.

Comment la Tchatche va-t-elle réagir cette fois-ci ? Plutôt bien, vous verrez. Chat échaudé...

Lorenzo a appelé Tchatcha pour l'inviter à déjeuner. Tiens ! En quel honneur ? Eh bien voilà, il a l'impression que Fabiane a quelqu'un et il voudrait savoir si elle est au courant... Non, pas du tout. Elles ne se voient que de loin en loin. Fab est très prise et... Comment ça ? Chaque fois qu'elle dîne dehors, Fabiane lui dit que c'est avec sa fille. Ou avec Nina. Ou avec les deux... Ah bon ! Et après ? Qu'est-ce que ça peut bien lui faire que Fabiane ait quelqu'un ? Ça devrait l'arranger, non ?... Pourquoi l'arranger ? Ça le perturbe, ça l'inquiète, au contraire... Allons bon ! Et Chloé, alors ? C'est déjà fini avec elle ?... Bien sûr, depuis longtemps, comme si Tchatcha ne le savait pas... Et comment elle le saurait ? il les a obligées à rompre, il a interdit qu'elles se voient... Peut-être, mais le moyen de faire autrement ? C'était très malsain, ces confidences entre copines, ces ragots sur ses rapports avec Fabiane... Quoi ragots ? Qui ragots ? Non, mais ce culot ! Et le fait d'aller dire à Fabiane que sa propre fille approuvait cette histoire sordide, ça n'en était pas un, de ragot, peut-être ? Un ragot malveillant, dégueulasse, inexcusable...

Il est très emmerdé, très gêné, là, Lorenzo. Il s'est mal conduit, c'est vrai, il ne sait pas ce qui lui a pris, il a perdu les pédales. Mais il l'aime, Fabiane, il s'en rend compte aujourd'hui, il l'aime vraiment beaucoup. Oui, bon, OK, beaucoup, c'est trop, il l'aime tout court. Il est persuadé qu'avec le temps, ils auraient pu se remettre ensemble comme avant... Comme avant quand elle le laissait libre de caboter à sa guise, de multiplier les aventures sans lendemain tout en l'amarrant au train-train rassurant de la vie conjugale, c'est ça ?... Oui, peut-être. Enfin, non. Il n'en sait rien. Tout ce qu'il sait, c'est qu'il est malheureux et qu'il a besoin de Tchatcha, un besoin un peu paniqué. Il faut absolument qu'il sache ce qu'il en est.

Mais Tchatcha, et pour se venger — elle en a encore gros sur la patate — et pour laisser sa mère entièrement libre de lui raconter ce qu'elle veut, se gardera bien d'éclairer sa lanterne. Au contraire, elle va faire semblant de le rassurer pour mieux l'inquiéter, la perfide, elle va le laisser se cogner, comme un gros bourdon sous un verre retourné, à ses doutes, à ses incertitudes.

— Qu'est-ce qui te permet de croire qu'elle regarde ailleurs, Fabiane ? Le fait qu'elle ait changé ? C'est vrai, elle a changé. En bien. Elle est plus sûre d'elle, plus épanouie, plus détendue qu'elle ne l'a jamais été.

— C'est bien la preuve que...

— Non, pas forcément. Tu as l'air d'oublier par quoi elle est passée. Elle s'en est sortie et, bon, il y a de quoi voir la vie en rose, non ? Sans compter qu'on s'est réconciliées, que je vais avoir un autre bébé, que...

— Oui, ben ça, Fabiane, les bébés !

— Bon, d'accord, mais il n'y a pas que le bébé. Il y a Nina, il y a Max, il y a Nathan...

— Et qui d'autre, hein ? Non, parce que tu ne me feras jamais croire que c'est Max et Nathan qui l'ont mise sur un petit nuage.

— Écoute, Lorenzo, tu crois ce que tu veux, mais tu arrêtes de me cuisiner. De toute façon, même si je savais quelque chose je ne te le dirais pas. Surtout après ce que tu m'as fait ! Allez, bon courage.

Il a du souci à se faire, Lorenzo, c'est vrai. Elle plane total, là, Fabiane. Enfin, total, pas tout à fait, je vous expliquerai... Son Bruno l'a courtisée, l'a entourée, l'a sortie, l'a caressée, mais sans rien brusquer. Il a pris son temps, le temps de l'apprivoiser au point de se laisser approcher, déshabiller, explorer, ce qu'elle n'a jamais voulu faire avec Lorenzo, ce qu'elle va finir par accepter, mieux, par réclamer, rassurée, flattée même d'être désirée — à son âge et après ce qui lui est arrivé ! — par un médecin, un professeur, s'il vous plaît ! Un clinicien habitué à se pencher sur des chairs amochées, meurtries par la maladie. Il en a vu d'autres ! Et elle n'aura rien à redouter de son regard, elle le sent, elle le sait, quand enfin elle osera se montrer à lui. Elle va se sentir délivrée, au contraire, enfin libérée de tous ses complexes à la con.

Alors, qu'est-ce qui cloche ? Eh bien, voilà, il aime aussi ailleurs, Bruno. Il a deux enfants, des jumeaux, la fille et le garçon, Lola et Roland, que leur mère a emmenés avec elle quand elle l'a quitté, et il l'a très mal vécu. Il y tient, que voulez-vous, à ses gamins ! Il y tient même beaucoup. Trop, bien trop, aux yeux étonnés-dépités de Fabiane. Jugez plutôt :

Bruno l'a invitée à dîner. Chez lui. Un appart fait pour lui, fait par lui, spacieux, calme, confortable, accueillant. Il l'a laissée siroter une vodka-orange, enfoncée dans un vaste canapé devant un bon feu de bois pendant qu'il allait s'occuper du dîner préparé par Madeleine, sa femme de ménage, pardon, sa gouvernante comme il aime à l'appeler. Et ce n'est que justice. Elle régnait sur la maisonnée quand sa femme et ses enfants vivaient encore là et elle s'est toujours occupée de lui depuis. Intriguée, c'est la première fois qu'elle vient chez Bruno, curieuse, Fabiane se lève pour aller voir de plus près toutes ces photos posées devant les livres qui recouvrent les murs du salon-bibliothèque. Des photos de ses enfants. Moi, je les trouve exquis, des gamins de conte de fées, bruns aux yeux bleus, ravissants. Pas Fabiane : « Qu'est-ce que vous racontez ? Ils sont très quelconques, ces enfants ! »

— La truite saumonée, tu l'aimes comment, Fab, rose à l'arrête ? Bon, alors, on passe à table dans dix minutes.

— Ça leur fait quel âge là, maintenant ?

— Bientôt huit ans. À propos, je voulais te dire, tu sais, le spectacle Ruquier samedi en huit, je ne vais pas pouvoir y aller avec toi... Leur mère m'a appelé cet après-midi au labo pour me demander si je pouvais les prendre pendant le week-end. Ils montent à Paris, elle et son Airbus, et elle voudrait en profiter pour sortir avec lui.

— Moi aussi, j'aurais aimé, figure-toi !

— Oui, mais bon, ce sera pour une autre fois. Tu ne voudrais tout de même pas que je refuse de voir mes gosses ? Allez, viens t'asseoir, viens me faire un sourire et un câlin... Tu es bien avec moi, dis ? Moi, oui, très, très bien.

— Moins bien qu'avec tes jumeaux !

— C'est pas pareil, voyons, chérie. Mes petits, c'est...

C'est son petit coin de paradis perdu. Il les avait eus sur le tard, la bonne cinquantaine, sans les avoir désirés, mais alors là pas du tout et il s'était découvert des trésors d'indulgence inquiète, émerveillée devant ces deux bébés roses et potelés, tout le portrait de leur jeune et jolie maman. Très jeune, à l'époque, elle devait avoir dans les 22-23 ans, un peu tête en l'air, un oiseau sur la branche, elle vivait encore en bande, une bande de copains avec qui faire la fête et sortir en boîte. À part ça, ayant hérité de sa grand-mère une solide indépendance financière, elle se contentait de petits boulots agréables et faciles, genre hôtesse d'accueil dans les salons et les halls d'exposition.

C'est à une de ces occasions qu'elle a rencontré Bruno. Il a été amusé, séduit, sans plus. Et elle, elle s'est laissé prendre au charme tranquille, sûr de lui, détaché de cet homme d'expérience qui la laissait entièrement libre d'aller et de venir à sa guise, ne lui posait jamais de questions et ne semblait pas particulièrement désireux de se mettre en ménage. Là-dessus, elle se retrouve enceinte — La pilule ? Ah merde, c'est vrai, elle n'a pas pensé à la prendre ! — et, curieusement, loin de paniquer, elle décide de garder son bébé, toute fière de pouvoir jouer à la dame, toute contente de pouvoir jouer à la poupée. Une poupée qui pleure, qui mouille ses couches, une poupée qui dit maman. Pour de vrai. Bruno a bien essayé de l'en dissuader, il n'y a rien eu à faire : De quoi je me mêle ? Elle ne lui demandait rien. Elle avait largement les moyens de l'élever, cet enfant... Et de toute façon, qu'il se rassure, elle ne voulait ni le mariage ni la vie commune. Ils continueraient à faire appartement à part. Ce bébé, elle le voulait et elle l'aurait. C'était à prendre ou à laisser.

Il a pris, bien obligé, mais le cœur n'y était pas, alors là, pas du tout ! Et voilà qu'à la première échographie en voyant, ému, surpris, non pas un, mais deux têtards s'inscrire sur son écran de contrôle, il est tombé cul par-dessus tête, allez savoir pourquoi, dans le puits sans fond de l'amour parental, pour reprendre une expression parfaitement adaptée à un sentiment aujourd'hui bisexué. Après quoi, il n'a eu de cesse que d'inciter Virginie à venir habiter chez lui — chez elle, avec deux nouveau-nés, de toute façon, ce serait trop petit —, ce qu'elle a fini par accepter sans enthousiasme, en traînant les pieds, alourdie, fatiguée par sa grossesse. Pourquoi pas, après tout ? Elle ne tenait pas particulièrement à avoir ces bébés toute seule. Des bébés nés un peu avant terme, encore une chance, Roland et Lola, dont elle allait s'occuper, patiente, décontractée, rayonnante et comblée, comme si elle n'avait jamais rien fait d'autre de sa vie. Une vie en parfaite harmonie avec la leur, mais totalement indifférente à tout le reste.

Le reste, le ménage, les courses, les repas, y compris ceux des enfants, Madeleine y veillait, en toute indépendance capable et sereine. Et Bruno, cet arrangement lui convenait parfaitement. Il se contentait de les avoir là, tous les trois, une chatte et ses chatons dans leur panier, si craquants, si mignons. D'autant qu'elle les lui laissait assez volontiers : « Tu veux la prendre, Lola ? Tiens... Allons, allons, qu'est-ce qu'il y a qui ne va pas, ma puce ? Tu as faim, c'est ça ? Donne-lui donc ton petit doigt à sucer, Bruno, ça la fera patienter. » Et de sentir cette petite bouche avide, goulue, tirer, avec la force aveugle de l'instinct de survie, sur ce semblant de téton, il en était tout retourné, Bruno, submergé par une vague de tendrese émerveillée.

Et puis un beau jour, Virginie est repartie comme elle était venue, sans remords et sans regret, ses gamins sous le bras : Tu ne m'en veux pas, dis, Bruno ? Mais, voilà, j'ai rencontré quelqu'un, quelqu'un que j'aime bien. Il est dans l'aérospatial, l'Airbus, tout ça. Et je vais m'installer chez lui, une grande maison avec un jardin, près de Toulouse. Ça me rapprochera de ma mère... Tu viens quand tu veux voir les petits, pas de problème !

Bruno l'a suppliée de rester... Désolée, pas question !... De les lui laisser, alors, Madeleine l'aiderait à... Elle l'a regardé, incrédule, amusée : « Tu as l'air d'oublier qu'ils n'existeraient pas si je t'avais écouté. Tu n'en voulais ni crus ni cuits. Et, là, maintenant faudrait que je te les laisse peut-être ? Non, mais ça va pas ! Allez, fais pas cette tête-là, il y a plein de pères qui ne vivent pas avec leurs enfants, tu t'y feras, tu verras. »

Hélas, non, il ne s'y est pas fait. Il en parle souvent à Fabiane, si souvent même qu'elle en ressent de la jalousie, de l'agacement, et, oui, de la rancune. On peut tenir à ses enfants, mais à ce point-là, c'est pas normal ! Pas normal de penser à eux quand il est avec elle...

— Pas normal de renoncer à sortir avec moi pour passer le week-end avec eux, tu es d'accord, non, Tchatcha ?

— Ben...

— Quoi, ben ?

— Je ne suis pas tellement bien placée pour en juger, tu ne crois pas ?

— Non, pourquoi, je ne vois pas ?

— Difficile de te parler d'un sentiment que tu n'as jamais éprouvé, voyons, Fabiane ! Je ne t'en veux pas pour ça, tu sais, je ne t'en veux plus, mais bon...

— Eh bien moi, si. Tu ne peux pas savoir à quel point je regrette et de t'avoir manquée et de t'avoir ratée. Je suis passée à côté d'un trésor sans même m'en rendre compte. C'est pas ma faute si je suis un peu handicapée de ce côté-là. Mais avec Bruno, ça dépasse tout. Il est littéralement obsédé par ses gosses, ce type ! Entre eux et moi, il n'a pas une seconde d'hésitation. Il les préfère et de loin. Il les...

— Tu sais ce que tu es en train de faire, là, Fabiane ? Tu es en train de reproduire à l'identique la situation où tu t'es mise par rapport à papa quand j'étais petite.

— Qui t'a parlé de ça ?

— Marie-Jo, tu te souviens, la jeune fille qui s'est occupée de moi jusqu'à ce que tu engages Miss Winter ? On s'est croisées, elle a cru me reconnaître, on s'est parlé, on a pris un verre, et voilà.

— De quoi elle se mêle, cette petite conne ? Ça n'a rien à voir : tu n'étais pas qu'à ton père, tu étais aussi à moi et si j'avais voulu... Enfin, si j'avais pu... Alors que là, je me sens carrément exclue. Et je ne supporte pas.

— Arrête avec ça, Fab ! Si tu commences à te poser en rivale de ses gamins, si tu lui demandes de choisir, tu vas le perdre.

— Eh bien je m'en fous ! Le garder à ce prix-là, ça ne m'intéresse pas...

— Quel prix ? Je ne comprends pas. Je veux bien que tu sois allergique aux enfants, mais de là à ne pas pouvoir supporter d'en entendre même parler...

— C'est pas « les » enfants, c'est « ses » enfants, je te signale, Tchatcha.

— Ben, justement, si tu l'aimais, tu t'y intéresserais, tu voudrais les rencontrer, tu...

— Mais je l'aime, qu'est-ce que tu crois ? Il est ce qui pouvait m'arriver de mieux, prévenant, drôle, gentil, amoureux, charmant... Bien sûr que je l'aime.

— Pas au point d'accepter de le partager avec Roland et Lola.

— Normal, non ?

— Non, pas normal ! Prends Max, il a vraiment

adopté Nathan. Et s'il ne l'avait pas fait, ça n'aurait jamais pu coller entre nous.

— Ah ! parce qu'en plus, il faudrait que je les adopte !

— Qu'est-ce que ça aurait de tellement extraordinaire, enfin, Fabiane ? C'est courant, non, dans les familles recomposées ?

— Oui, ben, là, en ce moment, les familles recomposées, j'ai pas tellement le créneau pour ça, tu vois. Je voudrais un homme pour moi toute seule... Enfin !

— Attends, Fabiane, à vos âges, tu ne pouvais quand même pas espérer tomber sur un orphelin célibataire et sans enfants. Regarde Bruno, ça ne le gêne en rien, lui, que tu aies déjà une fille et bientôt deux petits-enfants.

— Ça n'a rien à voir, voyons, chérie.

— Ça, je ne te le fais pas dire !

— Tu ne comprends pas ! Je ne passe pas mon temps à pleurnicher parce que je ne te vois pas assez ou parce que, quand je t'ai téléphoné, tu m'as dit que tu voulais retourner jouer avec ta game-boy !

— Je regrette, mais ça doit faire drôlement mal, c'est vrai. Mets-toi un peu à sa place... Remarque, faut pas te demander l'impossible !

— Ah, ça suffit, les sarcasmes ! C'est pas parce que tu n'as pas eu de mère que je n'ai pas de fille. Et une fille, ça doit le respect et l'obéissance à sa mère. Bon, c'est pas tout ça, mais, moi, ces fichus jumeaux me gênent, m'agacent, me... J'ai l'impression d'avoir deux chardons dans ma culotte.

— Laisse-le tomber, alors ! Et remets-toi avec Lorenzo. Il ne demande que ça.

— Ce serait d'un triste, avoue ! Non, va falloir que je m'y fasse, mais le moyen ? Tu pourrais peut-être m'aider, non, au lieu de te foutre de ma gueule ? Tu pourrais m'expliquer comment on peut vivre avec un homme qui aime les enfants.

— Flo, tu veux pas être un amour et me prendre une ampoule neuve là, en haut du placard. Je suis devenue tellement énorme que je n'ose pas monter sur une chaise pour...

— T'es folle ou quoi ? C'est très dangereux dans mon état !

— Dangereux de monter sur une chaise ? T'as peur de tomber, c'est ça ? Tu veux que je te tienne ?

— Et si tu me lâchais, enfin, Tchatcha ! Non, j'ose pas... Tu vois que je perde mon bébé ?

— Attends ! Il est bien accroché là. Au bout de trois mois, t'as plus rien à craindre. Allez, courage, je te tiens... Voilà ! Merci, t'es mignonne... Qu'est-ce que je te sers ? Un petit verre de vin blanc comme d'hab ? Ah, non, c'est vrai, tu ne bois plus, tu ne fumes plus... Tu ne baises plus non plus ?

— Oh mon Dieu, quelle horreur ! Rien que d'y penser, ça me donne la chair de poule. Il croirait que Franck veut le déloger à grands coups de boutoir, le pauvre chéri !

— N'importe quoi ! Tu peux y aller, là, maintenant, il n'y a plus aucun danger. Il sera ravi, au contraire, de recevoir des petites visites de son papa.

— C'est ce que me dit la gynéco, mais je préfère pas, déjà qu'il ne tenait pas tellement à venir s'installer là...

— Tu comptes lui dire quand ?

— Dire quoi à qui, je comprends pas ?

— Dire à ton gosse qu'il n'a pas été conçu in vivo, mais in vitro, enfin ! Il y avait encore tout un article là-dessus, la semaine dernière, dans *Toi et Moi.* Tu ne l'as pas vu ? Faut surtout pas cacher à un bébé-éprouvette que c'en est un. Si jamais il l'apprenait un jour, ça le traumatiserait pour la vie.

— Mais non, voyons, Tchatcha, tu confonds avec les enfants adoptés. Pourquoi veux-tu qu'on raconte à un gamin la façon dont il a été conçu ? À la missionnaire, en levrette, en petites cuillers... Ça ne le regarde pas.

— En labo, si, je regrette.

— Je ne vois pas ce que ça change.

— Moi non plus, à vrai dire, d'autant qu'il y en a de plus en plus, près de 70 000 déjà, rien qu'en France. Mais bon, c'est comme ça, les enfants sont des personnes à présent et on n'a pas le droit de leur cacher quoi que ce soit. En particulier ce qui concerne leur vie prénatale. C'est très tendance, tu savais pas, la vie prénatale, on ne parle que de ça. Paraît qu'elle détermine tout le reste... Pas vrai, mon petit bonhomme ? Il me donne de ces coups de pied, le mien, dis donc ! Elle n'a pas l'air de l'enchanter, lui, sa vie prénatale, je vais te dire. Je crois qu'il est bon pour le divan ! Tiens, ça me fait penser, ce tordu de Gérard en attend un aussi.

— Gérard ?

— Ben, oui, Gérard, mon ex-petit ami. Il a engrossé son top.

— Quel top ?

— Je t'ai pas raconté ? Il s'est fait éjecter par sa future belle-famille, les de Truc de Machin de Chouette, pas question de marier leur fille à un pauvre mec qui bouffe à la cuisine pendant qu'ils reçoivent au salon. Et ça l'a tellement vexé qu'il a bifurqué vers la photo de mode, histoire de pouvoir se taper des Estelle, des Naomie et des Claudia en veux-tu en voilà. Total, il s'est fait piéger par une petite beauté, elle a fait la couverture de *Vogue*, qui voulait absolument promener son ventre sur les podiums, pareil que les copines.

— À propos, quand est-ce qu'il va commencer à se voir, le mien, de ventre, Tchatcha ? Là, j'en suis à bientôt 18 semaines et bon, toujours rien, c'est désespérant.

— Plains-toi ! Moi, quand je suis allée acheter mon test de grossesse à la pharmacie, j'en ai profité pour me peser et rien que d'y penser, j'avais déjà pris trois kilos, alors...

— C'est ta mère qui doit être contente, dis donc !

— Contente d'avoir un deuxième petit-fils ? Ça, franchement, la connaissant, ça m'étonnerait.

— Mais non, voyons, contente de te voir comme ça, un vrai petit cachalot.

— Tu crois ? Peut-être, je sais pas. Elle ne me l'a pas fait remarquer en tout cas... Et ça ne risque pas de s'arranger après la naissance du bébé. Sauf si je retombe amoureuse, ce qu'à Dieu ne plaise ! Moi, mes kilos en trop, je ne les perds que quand... Tiens, ça me donne une idée. Au lieu de nous expliquer à longueur de colonne comment maigrir, en s'envoyant en l'air, au service beauté, elles feraient mieux de nous dire comment faire pour ne jamais retoucher terre !

Fabiane est passée prendre Bruno au labo en fin de journée pour aller dîner et lui, d'habitude si gai, si empressé, il a l'air absent, préoccupé, limite emmerdé. Qu'est-ce qu'il y a qui ne va pas ? Rien... Enfin, si, ça ne le regarde pas, d'accord, mais il aimerait bien savoir où elle en est avec son ami... Avec Lorenzo ? Nulle part, pourquoi ?... À cause des jumeaux... Elle ne voit pas le rapport... Il y en a un pourtant... Lequel ?... Eh bien voilà, Virginie a quitté son Airbus, elle veut revenir à Paris et s'installer chez lui avec Lola et Roland pour quelque temps... Quelle bonne nouvelle ! Fabiane en est ravie pour lui, mais elle ne voit toujours pas en quoi ça les concerne, elle et Lorenzo. À moins que Bruno ne compte sur lui pour la ramasser quand il la laissera tomber. Qu'il se rassure, il n'attend que ça, Lorenzo, se remettre avec elle comme avant, mieux qu'avant... Ah bon ? Et c'est ce qu'elle souhaite, elle aussi ?... Bien sûr ! Elle aurait eu scrupule à lui en parler, mais maintenant qu'il a retrouvé femme et enfants... Son choix est fait, alors ?... Son choix ? Quel choix ? Elle n'en a pas.

Elle n'en a plus... Comment ça ? Bien sûr que si. Il ne songerait pas à accepter la proposition de Virginie s'il pensait que Fabiane voulait vraiment refaire sa vie avec lui... Qu'est-ce qu'il essaye de lui dire là ? Qu'il renoncerait aux jumeaux pour elle ?... Évidemment ! Eux ne feraient que passer. C'est avec Fabiane qu'il voudrait vieillir, elle le sait bien... Non, elle ne savait pas qu'il tenait autant à elle, son cher chéri, il ne le lui avait jamais dit. Et elle qui croyait que... Quoi ? Qu'est-ce qu'elle croyait ?... Rien. Des conneries. N'empêche, il ne peut pas faire ça... Pas faire quoi ?... Il ne peut pas refuser de reprendre Virginie et les enfants jusqu'à ce qu'elle ait trouvé un appartement... Un appartement ou un mec !... Et quand bien même ce serait un mec, qu'est-ce que ça peut bien lui faire ? Il l'aime encore ou quoi ?... Non, c'est pas ça... C'est quoi, alors ?... C'est qu'après ce qu'elle lui a fait, il répugne à reprendre la vie commune, ne serait-ce que pour quelques semaines. Ça le hérisse, ça l'angoisse, Fabiane peut le comprendre, non ?... Mais oui, très bien. Et Virginie aussi. Il est en position de force, là, maintenant, vis-à-vis d'elle. Alors pourquoi ne pas lui proposer de reprendre les enfants, rien que les enfants ? Elle, elle trouvera sûrement une copine chez qui loger le temps de se retourner... Pas bête ! Et puis, au moins comme ça, Fabiane aura souvent l'occasion de les voir. Il est sûr qu'ils lui plairont. Et pour une bonne raison. Il n'y a pas plus expansif, plus enjôleur, plus câlin que ces deux gamins, surtout Lola. Tout le portrait de leur papa ! S'il l'a conquise, ils peuvent en faire autant. Elle n'a pas l'air bien convaincue... Mais si, voyons, elle ne demande pas mieux. Reste à savoir si elle leur plaira, elle... De ce côté-là, pas de souci, c'est déjà fait... Comment ça ?... Eh bien la dernière fois qu'ils sont venus chez lui, Roland est tombé en arrêt devant la photo de Fabiane, celle qui trône sur sa table de nuit, et il s'est exclamé : Ce qu'elle est belle, la dame ! Qui c'est ?... Et qu'est-ce que Bruno a répondu ?... C'est mon amie... Mon amie ou une amie ?... Mon amie, rien qu'à moi. Et à eux s'ils en veulent aussi. Il n'y a qu'avec ce Lorenzo qu'il n'a pas envie de la partager. Mais, bon, ça doit peut-être pouvoir s'arranger, ça, non ?... Peut-être, oui.

Elles se revoient, Tchatcha et Chloé, elles n'ont plus aucune raison de s'éviter. Lorenzo n'a plus voix au chapitre et c'est Fabiane, elle-même, qui a levé les derniers scrupules de sa fille en lui demandant, comme ça, en passant : « Et ta copine, qu'est-ce qu'elle raconte ? J'ai l'impression que c'est vraiment fini avec Lorenzo, mais je peux me tromper. » Quand la Tchatche lui a dit qu'elles ne se parlaient plus, l'autre a eu l'air surpris : « Ah, bon, pourquoi ? — À cause de tout ça... — Oui, mais maintenant il n'y a plus de raison. Vous étiez très amies, non ? C'est pas par elle que tu es entrée au journal ? C'est bien ce qu'il me semblait. Tu sais, en ce qui me concerne, si tu as envie de te réconcilier avec elle, pas de problème ! »

C'était plus qu'une permission, une invitation. Comme si Fabiane cherchait à en savoir plus long. Et Tchatcha, trop contente et de rendre ce service à sa mère, elle lui devait bien ça, et de récupérer sa meilleure copine, n'a rien eu de plus pressé que d'inviter Chloé à déjeuner. L'autre s'est immédiatement méfiée : « En quel honneur ? Si c'est pour jouer les agents de renseignements de ta mère, ne te donne pas cette peine. Tu peux la rassurer. Je n'ai pas vu son mec depuis des semaines. »

À quoi, Tchatcha, très embêtée, très gênée, s'est récriée : « Mais non, qu'est-ce que tu vas imaginer ? Je m'ennuie de toi, c'est tout. C'est vrai, tu me manques. Ne serait-ce que pour parler boutique. » C'est ce qu'elles ont fait ce jour-là et les fois d'après, elles ont parlé boutique exclusivement. Tchatcha a demandé à passer rédactrice au service voyages. Et on lui a fait une réponse de Normand : Oui, peut-être, pourquoi pas, ça n'est pas impossible, mais bon, faut voir...

— Est-ce que tu ne pourrais pas chercher à savoir où ça en est, dis, Chloé ? Mais, surtout fais gaffe, hein, ne leur dis pas que c'est moi qui t'envoie.

— En somme tu voudrais que je fasse espionne pareil que toi pour Fabiane, c'est ça ? Allez, le prends pas mal, voyons, je plaisante ! Compte sur moi. De toute façon, c'est pas pour tout de suite. Tu ne vas pas tarder à prendre tes congés de maternité, non ? Tu ne passes plus les portes, là, grosse comme t'es !

— Oui, dans quinze jours. Va falloir qu'on trouve un appart avec Max et...

— À louer ?

— Ben, oui, on n'a pas les moyens d'acheter. Pourquoi, tu as entendu parler de quelque chose ?... Non, sérieux ?

Et c'est ainsi que, de fil en aiguille, elles ont ravaudé le tissu de leur vieille amitié. En se gardant bien d'évoquer ce qui les avait séparées. Simplement, Chloé, loin d'essayer de frimer, se plaignait souvent de sa solitude, de son cafard. Elle enviait Tchatcha qui la consolait en lui disant que le prince charmant, le vrai, était sûrement là, à l'attendre au coin de la rue. Grâce à quoi, quand Fabiane lui demandait négligemment des nouvelles de sa copine, elle lui disait la vérité : Que ça n'allait pas fort. Qu'elle était déprimée. Qu'elle essayait de s'étourdir en vivant en bande comme avant, mais que le cœur n'y était pas.

Jusqu'au jour où déjeunant avec une Fabiane souriante et détendue, elle s'est sentie obligée de l'avertir :

— Tu ne me demandes pas comment va Chloé ?

— Non, je devrais ?

— Oui, je crois.

— Pourquoi ?

— Parce qu'il l'a appelée.

— Ah bon ! Et ils vont remettre ça ?

— Je me suis bien gardée de le lui demander, tu penses ! J'espère bien que non, faudrait qu'on rompe encore un coup, elle et moi, et bon, ça commence à bien faire ! Mais je ne crois pas. Pas pour le moment en tout cas. Elle n'avait pas l'air plus enchantée que ça.

— Elle a couru te le raconter quand même !

— Tu sais quoi ? J'ai eu l'impression que c'était pour que je te mette au courant.

Quand Lorenzo rentre chez lui ce soir-là, sur le coup de 10 heures et demie, il trouve Fabiane, la tête enfoncée dans un placard, le sien, une paire de chaussures à la main, les siennes.

— Qu'est-ce que tu vas faire là ? Cirer mes pompes au milieu de la nuit sous prétexte que je suis en retard pour le dîner ? Mais je t'avais prévenue ! Bon, OK, je pensais être là pour 9 heures... C'est quand même pas une raison pour être reprise par ton TOC.

— Quel toc, qu'est-ce que tu racontes ?

— Trouble Obsessionnel Compulsif. Ta manie du ménage, c'est ça, c'est un TOC. Ça allait pourtant nettement mieux depuis quelque temps. Tu laissais traîner des trucs... Tu ne te sentais plus obligée de nettoyer la cuvette chaque fois que je sortais des toilettes... L'inspection de l'appart en gants blancs des fois qu'il serait resté une trace de poussière quelque part, tu ne la faisais plus qu'une ou deux fois par mois, même pas... Alors qu'est-ce qui se passe ? Je ne comprends pas.

— Ben, tu vois bien, je m'occupe de tes affaires.

Tiens, tu peux aller me chercher un sac plastique dans la cuisine ?

— Attends ! T'es en pleine crise, là. Tu ne vas tout de même pas mettre mes chaussures dans des sacs plastique !

— Mais si. Prends-m'en donc plusieurs pendant que tu y es. Tu sais où ils sont ? Dans...

— Pas question ! Je ne vais pas alimenter ta parano en me prêtant à tes lubies... Allez, viens, maintenant, on va prendre un petit whisky, ça te calmera.

— Pas tant que je n'aurai pas fini de...

— Où tu vas les mettre, mes godasses, tu peux me dire ? Faut qu'elles restent en bas du placard, voyons, je m'en sers tous les jours.

— Ben, justement.

— Bon, allez, suffit ! T'es pas bien là, ma pauvre chérie. Donne-moi ces chaussures, je vais les remettre à leur place et toi, tu vas aller t'allonger sur le canapé.

— Mais leur place n'est plus là.

— Bon, bon, OK, d'accord, tu les rangeras demain à ton idée. Mais là, il faut vraiment que tu te reposes, ma grande...

— Non, je ne suis pas fatiguée et je tiens absolument à ce que tout soit en ordre dès ce soir.

— Comme tu voudras ! En attendant, je vais me coucher, moi. J'ai eu une journée éreintante.

— Non, je regrette, Lorenzo, tu ne peux pas. Faut que tu m'aides à les faire.

— Tes rangements ?

— Non, tes valises.

Six mois plus tard. Un dimanche à l'heure du déjeuner chez Nina. Elle est seule avec les quatre enfants. Comment ça, quatre ? Eh bien, Nathan, son petit frère, Roland et Lola. Leurs parents ne vont pas tarder. Ils sont allés faire des courses dans le quartier.

— Tu me le prêtes, le bébé, dis, Nina. Je le laisserai pas tomber, je te promets.

— Attends une seconde, tu veux, ma Lola... Ça te va bien, dis donc, les cheveux relevés comme ça.

— C'est Fabiane qui a voulu.

— Elle a eu raison, c'est ravissant... Bon, alors, assieds-toi sur le tabouret et je vais te le mettre dans les bras. Est-ce que tu sais où est passé Nathan ?

— Dehors avec Roland. Il lui apprend à jouer au foot. Tu crois qu'il va se réveiller bientôt Mathieu ? Pourquoi il s'appelle Mathieu ?

— C'est joli Mathieu, non ? Tu n'aimes pas ?

— Pas tellement. Dans ma classe, il y en a un. Il est pas gentil. Je peux te dire quelque chose ?...

Mais tu le diras pas, hein, c'est un secret... Bon, ben...

— Parle plus fort, ma chérie, je n'entends rien.

— Non, je peux pas puisque c'est un secret.

— Bon, eh bien, tu sais ce qu'on va faire. Je vais reprendre le bébé, je te le rendrai après, et tu vas venir me le dire à l'oreille.

— Alors voilà, Roland et moi, on veut aller habiter chez Tchatcha. Comme ça je pourrai m'occuper du bébé et Nathan, il aura Roland.

— Enfin, ma puce, et ta maman, qu'est-ce qu'elle dirait ? Elle serait très triste si vous...

— Oui, mais il n'y a pas que maman, il y a tonton Georges. D'abord, c'est même pas notre tonton. Et on l'aime pas. Il fait que de nous engueuler. Même que maman le dispute à cause de ça.

— Faut pas t'inquiéter pour ça. Quand il vous connaîtra mieux, il... Tiens, mais tu as mis du vernis à ongles... Montre...

— C'est le même que Fabiane.

— Tu l'aimes bien, Fab ?

— Oui, elle dit jamais rien, elle va m'acheter une jupe tournante et quand on va chez elle, j'ai le droit de mettre toutes ses boucles d'oreilles. Je peux le reprendre maintenant ? Pourquoi il pleure ? Parce qu'il a faim ?

— Oui, ça va être l'heure de la tétée et... Ah, vous voilà, les filles ! Fallait pas... Vous l'avez acheté où, ce gâteau ?

— À la pâtisserie en face de la mairie. Viens là, mon bébé, viens... Tu permets, Lola, je vais lui donner le sein.

— Et papa, où il est, Fabiane ?

— Il arrive, ma chérie, il joue au foot dans le jardin avec Maxime et les garçons. Il se débrouille drôlement bien, Nathan, pour son âge, t'as raison, Ninette, c'est de la graine de champion ! Bon, tu veux que je t'aide à...

— Oui, pourquoi pas ? Vous pourriez mettre le couvert, toi et Lola pendant que je... Tiens, ils arrivent, les autres... Pourvu qu'il soit réussi, mon gigot. C'est la recette de Bruno et...

— Celle de Madeleine plutôt.

— Quelle recette de Madeleine ? Qu'est-ce que tu racontes, Fabiane ? Question cuisine, c'est moi qui lui ai tout appris... Roland, aide Nathan à enlever son blouson... Ça sent drôlement bon, dites donc, Nina, c'est quoi ? Le gigot de sept heures ? Chouette ! on va se régaler. Si on prenait l'apéritif en attendant ?

— Bonne idée ! Max, sors donc le vin blanc, mon grand. Et vous, les enfants, vous devriez aller jouer dans la chambre de Nathan. Il a plein de jouets. On vous appellera quand ce sera prêt... Dites voir, Bruno, qu'est-ce que c'est que cette histoire, les enfants ne veulent plus vivre avec leur mère, là, maintenant ?

— Ils vous l'ont dit ?

— Lola m'en a parlé, oui. Ce qu'elle voudrait, c'est aller habiter chez Tchatcha, à cause des deux loupiots bien sûr... Mais j'ai quand même l'impression que ça ne colle pas avec ce Georges...

— Oui, je sais. Virginie aussi. Au point qu'elle va probablement être obligée de s'en séparer. Avec l'Airbus, ça ne posait pas de problème, mais là...

Pour elle, il n'y a pas photo, ses enfants passent avant tout. Et en ce qui concerne les bébés de Tchatcha, ils pourront jouer avec tant qu'ils voudront pendant les vacances, les week-ends, tout ça... Une famille élargie, ça a quand même du bon, pas vrai, Fabiane ?... Tiens, regarde un peu ta fille, elle est pas belle, comme ça, à allaiter son petit ? On dirait une déesse de la fertilité, une...

— Une déesse callipyge, oui. Et ça, ma mère, c'est pas son truc, alors que Lola, elle peut la coiffer, l'habiller, la...

— Non, mais je rêve ! Qu'est-ce que tu me fais, là, Tchatcha ? Une scène de jalousie ? Tu es trop mignonne ! Un gros bébé en train de donner le sein à un petit bébé ! Dis pas de bêtises, voyons, ça n'a rien à voir...

— Pas si sûr !

— Sûr et certain. Cela dit, c'est vrai, va falloir me perdre tous ces kilos en trop, ça ne te va pas. Tu n'es pas faite pour... Je vais te mettre au régime, moi, et plus vite que ça.

— Attends, Fab, c'est moi qui rêve là. Tu veux vraiment que je sois plus mince, plus jolie, plus... Mais, alors, tu m'aimes ?

— Évidemment !

— C'était pas évident, justement.

— Ah, non, chérie, tu ne vas pas recommencer à me reprocher...

— Alors, dis-le-moi, dis-moi que tu m'aimes. Rien qu'une fois.

— Et puis quoi encore ?... Mais oui, je t'aime, espèce d'idiote ! Et j'aime tout de toi, si tu veux savoir, ma belle beauté, si pleine de vie, ma petite fille et ma grande amie... Ça va là ?

— Ça peut aller, oui !

"S.O.S. Couple en crise"

C'est pas bientôt fini !

Claude Sarraute

Muriel a toujours su tout contrôler dans sa vie. Et ça lui a plutôt bien réussi. Professeur de latin dans un collège de Seine-Saint-Denis, elle est mariée depuis trois ans et a un adorable petit garçon. Mais depuis quelque temps, rien ne va plus. Les élèves sont de plus en plus difficiles. En fait, c'est surtout son couple qui la préoccupe, car il traverse une crise profonde. Il faut vraiment que Muriel reprenne sa vie en main !

(Pocket n° 10720)

Il y a toujours un Pocket à découvrir

Achevé d'imprimer sur les presses de

BUSSIÈRE

GROUPE CPI

à Saint-Amand-Montrond (Cher)
en mars 2002

POCKET - 12, avenue d'Italie - 75627 Paris Cedex 13
Tél. : 01-44-16-05-00

— N° d'imp. 21236. —
Dépôt légal : avril 2002.

Imprimé en France